Foe

Literatura Mondadori

Foe

J.M. COETZEE

Traducción de Alejandro García Reyes

MONDADORI

Barcelona, 2004

Coetzee, John Maxwell
    Foe - 1ª ed. - Buenos Aires : Mondadori, 2005.
    160 p. ; 23x14 cm. (Literatura Mondadori)

    Traducido por: Alejandro García Reyes

    ISBN 987-9397-39-8

    1. Narrativa Sudafricana I. Alejandro García Reyes, trad. II. Título
    CDD 828.993 6.

Primera edición en la Argentina bajo este sello: septiembre de 2005

Título original: *Foe*

© 1986, J.M. Coetzee
© 2004 de la edición en castellano para todo el mundo:
    Grupo Editorial Random House Mondadori, S.L.
    Travessera de Gràcia, 47-49. 08021 Barcelona
© 1988, 2004, Alejandro García Reyes, por la traducción
© 2005, Editorial Sudamericana S.A.®
    Humberto I° 531, Buenos Aires, Argentina
Publicado por Editorial Sudamericana S.A.® bajo el sello Mondadori
con acuerdo de Random House Mondadori

Impreso en la Argentina

ISBN 987-9397-39-8
Queda hecho el depósito que previene la ley 11.723

Fotocomposición: Fotocomp/4, S.A.

www.edsudamericana.com.ar

I

«Al final me sentí incapaz de seguir remando. Tenía las manos llenas de ampollas, me ardía la espalda, me dolía todo el cuerpo. Con un suspiro, casi sin salpicar, me deslicé por la borda al agua. Con lentas brazadas, mis largos cabellos flotando en derredor, como una flor marina, una anémona, como una de esas medusas que se ven en los mares del Brasil, empecé a nadar hacia la extraña isla, al principio en contra de la corriente, como había llegado remando, y, luego, libre ya de su garra, dejé que las olas me arrastraran a la bahía y me depositaran en la playa.

»Allí quedé tendida en la ardiente arena, mientras la anaranjada luz del sol doraba mi cabeza, y mis enaguas —lo único con lo que había podido escapar— se secaban sobre mi piel, exhausta y agradecida, como todo superviviente.

»Una negra sombra se proyectó sobre mí, pero no la de una nube, sino la de un hombre cuya silueta se recortaba sobre un halo deslumbrador.

»—Náufraga —dije con mi lengua seca y pastosa—. Soy náufraga. Estoy completamente sola. —Y le enseñé mis manos llagadas.

»El hombre se sentó en cuclillas junto a mí. Era un hombre de raza negra: un negro con una cabeza de pelo ensortijado y lanoso y que, de no ser por unos toscos calzones, iba completamente desnudo. Me incorporé y me puse a estudiar aquel rostro achatado, aquellos pequeños ojos inexpresivos, la ancha nariz, los gruesos labios, aquella piel de un gris oscuro más que negra, seca como si estuviera rebozada en polvo.

»—*Agua** —le pedí, probando en portugués, y le hice gestos como si bebiera. En vez de contestarme, me miró como si yo fuera una de esas focas o marsopas arrojadas a la playa por las olas, que no tardan en expirar y pueden ser troceadas y comidas. Al costado llevaba una lanza. He ido a parar a la isla menos indicada, pensé, y dejé caer la cabeza. He ido a parar a una isla de caníbales.

»Extendió la mano y con el dorso me tocó el brazo. Está reconociendo mi carne, me dije. Pero, poco a poco, mi respiración fue recobrando su ritmo normal y me sentí más tranquila. Olía a pescado y a lana de oveja en un día caluroso.

»Luego, como no podíamos seguir así eternamente, me puse derecha y volví a hacerle gestos de beber. Había remado toda la mañana. No había bebido ni una gota desde la noche anterior, con tal de que me diera agua, poco me importaba que después me matase.

»El negro se levantó y me hizo una seña para que le siguiera. Y, agarrotada y dolorida, me condujo a través de las dunas hasta un sendero que ascendía al escarpado interior de la isla. Pero apenas habíamos empezado a subir, cuando sentí un dolor agudísimo y tuve que sacarme del tobillo una espina larga de cabeza muy negra. A pesar de frotarlo, el tobillo se hinchó enseguida y pronto el dolor me obligó a ir cojeando. El negro me ofreció su espalda, dándome a entender que podía llevarme a cuestas. Dudé en aceptar, pues el individuo en cuestión era delgado y más bajo que yo. Pero no me quedó otro remedio. Y así, apoyando unas veces una sola pierna, montada otras a su espalda, con mis enaguas remangadas hasta los muslos y rozando con mi barbilla aquel pelo esponjoso, ascendí por la ladera de la colina, mientras el miedo que me inspiraba iba desvaneciéndose en este impensado abrazo de espaldas. Observé que no solo no ponía ningún cuidado en dónde pisaba, sino que con la planta de los pies iba aplastando matas de espinos idénticos al que a mí me había traspasado la piel.

---

* En portugués en el original. *(N. del T.)*

»Al lector aficionado a los relatos de viajes, el término "isla desierta" le sugerirá, sin duda, un lugar de blandas arenas y frondosos árboles, donde los arroyos corren a apagar la sed del náufrago y donde las manos se le llenan de fruta madura con solo extenderlas, donde todo lo que se le pide es que pase los días sesteando hasta que recale algún barco y le devuelva a su patria. Pero la isla a la que yo fui arrojada era un lugar bien distinto: una gran mole rocosa, plana por arriba, que se elevaba bruscamente sobre el mar por todos los lados excepto por uno, y salpicada de arbustos grisáceos que nunca florecían ni nunca daban hojas. A su alrededor se formaban bancos de algas parduzcas que, arrojadas por las olas a la playa, despedían un olor nauseabundo y se cubrían de enjambres de enormes pulgas de un color pálido. Había hormigas correteando por todas partes, idénticas a las que teníamos en Bahía, y otra plaga aún peor que infestaba las dunas: un diminuto insecto que se deslizaba entre los dedos de los pies y se abría paso royendo la carne. Ni siquiera la encallecida piel de Viernes estaba a salvo de él: aunque no parecía importarle gran cosa, tenía los pies llenos de pequeñas grietas sangrantes. Serpientes no vi ninguna, pero sí había, en cambio, lagartos, que salían a tomar el sol en las horas de más calor del día, ágiles y pequeños unos, grandes y torpones los otros, con unos collarines azules que le salían de las agallas y que abrían en forma de campana cuando algo les alarmaba, que silbaban también y miraban con ojos feroces. Una vez cogí uno, lo metí en una bolsa e intenté domesticarlo, dándole de comer moscas; pero se negaba a probar carne muerta, y al final lo dejé otra vez en libertad. También había monos (de los que ya hablaré más adelante) y pájaros, había pájaros por todas partes: no solo bandadas de gorriones (o así los llamaba yo al menos) que se pasaban el día gorjeando y revoloteando de arbusto en arbusto, sino también grandes tribus de gaviotas de varias clases, alcatraces y cormoranes que acampaban en lo alto de los acantilados que se alzaban sobre el mar y teñían las rocas de blanco con sus excrementos. Y en el mar marsopas, focas y peces de todo tipo.

Así pues, si la compañía de brutos me hubiera bastado, podría haber vivido en mi isla feliz y contenta. Pero ¿quién que esté acostumbrado a la plenitud del lenguaje humano puede conformarse con graznidos, gorjeos, chirridos, los aullidos de las focas y el gemir del viento?

»Llegamos finalmente a lo alto del sendero y mi porteador se detuvo un instante para tomar aliento. Vi que me hallaba en una meseta elevada no lejos de una especie de campamento. Un mar resplandeciente se extendía a nuestro alrededor por todas partes, mientras, al este, el barco que me había llevado hasta allí se alejaba a toda vela.

»Mi única obsesión era el agua. Con tal de poder beber poco me importaba el destino que me aguardase. A la entrada del campamento había un hombre de tez oscura y barba bien poblada.

»—*Agua* —le pedí haciendo gestos. Hizo una seña al negro y vi que el individuo al que me dirigía era europeo—. *Fala inglez?* —le pregunté, tal y como había aprendido a decir en el Brasil. Asintió con la cabeza. El negro me trajo un cuenco de agua. Bebí y me trajo más. Era la mejor agua que nunca había bebido.

»Aquel desconocido tenía los ojos verdes y sus cabellos, quemados por el sol, eran de un color pajizo. Calculé que tendría unos sesenta años. Llevaba —si me lo permite, le haré una descripción completa— un justillo, unos calzones que le llegaban por debajo de la rodilla, como los que llevan los barqueros del Támesis, un sombrero de copa muy alta en forma de cono —prendas todas hechas con pieles entrelazadas, con el pelo vuelto hacia fuera— y un par de recias sandalias. Al cinto llevaba un bastón corto y un cuchillo. Un amotinado, fue lo primero que pensé. Sí, otro amotinado abandonado en la playa por algún capitán misericordioso y que había hecho criado suyo a uno de los negros de la isla.

»—Me llamo Susan Barton —le dije—. Ayer la tripulación del barco me abandonó a la deriva. Al capitán lo mataron, y conmigo hicieron lo que le acabo de decir.

»Y de pronto, aunque mis ojos en medio de tantas vejaciones como me habían infligido a bordo y en las largas horas de desesperación que pasé sola a merced de las olas con el cadáver del capitán a mis pies, con aquella lezna que llevaba clavada en el ojo, no habían derramado una sola lágrima, de pronto, repito, me eché a llorar. Me senté en el suelo desnudo de vegetación, me cogí los magullados pies entre las manos y empecé a echar el cuerpo adelante y atrás sollozando como una niña, mientras aquel desconocido –que no era otro que el mismo Cruso del que ya le he hablado– me contemplaba más como si fuera un pez arrojado por las olas a la playa que una infortunada criatura de su misma especie.

»Ya le he contado cómo iba vestido Cruso; ahora permítame describirle dónde vivía.

»En el centro de aquella planicie que coronaba la montaña se alzaban unas cuantas rocas que tenían la altura de una casa. En el ángulo entre dos de aquellas rocas Cruso se había construido una choza con una urdimbre de estacas y cañas que, hábilmente trabada, formaba las paredes y el tejado, y recubierta de ramajes. Una cerca con una puerta que giraba sobre goznes de cuero completaba el campamento al que Cruso llamaba su castillo. Dentro de la cerca, a resguardo de los monos, había una parcela en la que crecían lechugas amargas silvestres. Esta variedad de lechuga, junto con el pescado y los huevos de pájaro, constituyó, como ya irá viendo, nuestra única dieta en la isla.

»En la choza Cruso tenía una estrecha cama por todo mobiliario. El suelo era la tierra misma limpia de vegetación. Viernes disponía bajo el alero de una estera que le hacía las veces de cama.

»Cuando me sequé finalmente las lágrimas, le pedí a Cruso una aguja o algún otro utensilio parecido para sacarme el trozo de púa que aún llevaba clavada en el pie. Me trajo una aguja hecha con una espina de pescado, con el ojo perforado –ignoro con qué medios– por el extremo más ancho, y me contempló en silencio mientras me quitaba la punta de espino del talón.

»–Déjeme que le cuente mi historia –le dije–, pues no me cabe duda de que estará usted preguntándose quién soy yo, y cómo es que he venido a parar aquí.

»"Me llamo Susan Barton, y soy una mujer sola. Mi padre era francés y huyó a Inglaterra para escapar a las persecuciones de Flandes. Su verdadero apellido era Berton, pero, como tantas veces ocurre, se corrompió en boca de extranjeros. Mi madre era inglesa.

»"Hace dos años mi única hija fue raptada y conducida al Nuevo Mundo por un inglés, un representante y agente del negocio de fletes. Yo partí en su busca. Al llegar a Bahía no encontré sino negativas y, cuando insistía, groserías y amenazas. Los oficiales de la Corona, alegando que aquel era un pleito entre ingleses, no me prestaron la más mínima ayuda. Tomé una habitación alquilada, me puse a trabajar de costurera, y busqué y esperé, pero no encontré el menor rastro de mi hija. Así pues, desesperando ya de hallarla y casi agotados mis recursos, me embarqué para Lisboa en un buque mercante.

»"Diez días después de dejar puerto, por si mis desventuras no fueran ya bastantes, la tripulación se amotinó. Irrumpieron en el camarote del capitán y por más que este suplicó por su vida le infligieron una muerte atroz. A los marineros que no hicieron causa común con ellos les encadenaron con grilletes. A mí me metieron en un bote con el cadáver del capitán y nos abandonaron a la deriva. Por qué tomaron esta decisión conmigo es algo que ignoro. Pero, por lo general, aquellos a los que hemos maltratado son precisamente quienes más concitan nuestro odio, y lo que deseamos es perderlos de vista para siempre. El corazón del hombre es una selva oscura, como reza uno de los dichos que tienen en el Brasil.

»"Por algún designio del azar, o, tal vez, porque los amotinados ya lo tenían así previsto, me abandonaron a la deriva a la vista de esta isla. '*Remos!*',* me gritó un marinero desde

* En portugués en el original. *(N. del T.)*

cubierta, queriéndome decir con esto que cogiera los remos y que remara. Pero yo estaba tan horrorizada que no hacía más que temblar. Así que, mientras ellos se reían y hacían bromas, yo fui de un lado a otro a merced de las olas hasta que finalmente el viento cesó.

»"Toda la mañana, mientras el navío se iba alejando —creo que el plan de los amotinados era hacerse piratas y operar en aguas de la Hispaniola—, remé con el cadáver del capitán a mis pies. Pronto las palmas de las manos se me llenaron de ampollas, —¡mire!—, pero ante el temor de que la corriente me arrastrara más allá de esta isla suya no me permití el menor descanso. Infinitamente peor que el dolor que sentía al remar era la idea de pasar la noche a la deriva en la vasta soledad del océano, cuando, según tengo entendido, los monstruos de las profundidades marinas ascienden a la superficie en busca de sus presas.

»"Finalmente me sentí incapaz de seguir remando. Tenía las manos en carne viva, me ardía la espalda, me dolía todo el cuerpo. Con un suspiro, casi sin salpicar, me deslicé por la borda al agua y empecé a nadar hacia esta isla suya. Las olas me arrastraron y me arrojaron a la playa. El resto ya lo conoce.

»Con estas palabras me presenté a Robinson Cruso en los días en que aún era dueño y señor de su isla y con ellas pasé a convertirme en el segundo de sus súbditos, pues el primero lo era ya su criado Viernes.

»Ahora me gustaría relatarle la historia de este singular Cruso tal y como la escuché de sus propios labios. Pero las versiones que me contó eran tan dispares y tan difíciles de conciliar entre sí que, poco a poco, fui llegando a la conclusión de que tanto el paso de los años como el aislamiento habían cobrado su tributo a la memoria, y que ya no sabía a ciencia cierta dónde acababa la verdad y dónde empezaba la fantasía. Así, tan pronto un buen día decía que su padre había sido un rico mercader cuya casa de contratación él había abandonado para partir en busca de aventuras, como al siguiente me contaba que había tenido una infancia pobre y sin familia, que se había enrolado como grumete en un barco que fue apresado por los moros —tenía en el brazo una cicatriz que, según decía, era la marca del hierro candente—, y que finalmente había escapado y se había trasladado al Nuevo Mundo. Otras veces aseguraba que llevaba quince años viviendo en su isla y que cuando el barco se fue a pique Viernes y él habían sido los dos únicos supervivientes.

»—Cuando el barco naufragó Viernes sería solo un niño, ¿no? —le pregunté.

»—Sí, un niño, no era más que un niño, un pequeño esclavo —contestó Cruso.

»Pero en otras ocasiones, como cuando era presa de la fiebre, por ejemplo, (¿no habrá que creer que la verdad se expresa en la fiebre y en la embriaguez aun en contra de la voluntad?), contaba historias de caníbales, y que Viernes era un caníbal al que él salvó de ser asado y devorado por sus propios congéneres.

»—¿Y no podrían volver los caníbales y reclamar a Viernes? —le pregunté, y él asintió con la cabeza—. ¿Por eso es por lo que está usted siempre oteando el horizonte: para estar prevenido ante un eventual regreso de los caníbales? —Y él asentía de nuevo. Por lo que al final nunca pude saber lo que era verdad, mentira, o mera divagación.

»Pero, con su permiso, retomo el hilo de mi relato.

»Completamente exhausta, le pedí que me dejara echarme y al instante me quedé profundamente dormida. Cuando desperté el sol se estaba poniendo y Viernes preparaba nuestra cena. Aunque no consistía más que en un poco de pescado a la brasa con guarnición de lechuga, comí con sumo apetito. Reconfortada por el estómago lleno y por el hecho de sentir de nuevo tierra firme bajo mis pies, di las gracias a mi singular salvador. Hubiera querido contarle más cosas de mí, de la búsqueda de mi hija robada, del motín. Pero en vez de hacerme ninguna pregunta continuó admirando la puesta de sol, asintiéndose a sí mismo, como si prestara oídos a alguna voz interior que le estuviera hablando en aquellos momentos.

»—Señor, ¿puedo hacerle una pregunta? —inquirí al cabo de un rato—. ¿Por qué en todos estos años no ha construido un bote y escapado de la isla?

»—¿Y adónde habría de escapar? —me contestó sonriendo para sus adentros, como si mi pregunta no tuviese respuesta posible.

»—Pues podría haber alcanzado la costa del Brasil, o haberse cruzado con algún barco que le hubiese salvado.

»—El Brasil se encuentra a cientos de millas de distancia, y está lleno de caníbales —respondió—. Y en cuanto a barcos que naveguen por estas latitudes, quedándonos en casa podemos divisarlos tan bien o mejor.

»—Perdone que no esté de acuerdo —le contesté—. He pasado dos años largos en el Brasil y nunca vi allí un solo caníbal.

»—Usted ha estado en Bahía —replicó—. Bahía no es más que una isla en la linde de las selvas brasileñas.

»Pronto, pues, empecé a darme cuenta de que instar a Cruso a que se salvase era un gasto inútil de saliva. El hecho de ir envejeciendo en su reino insular sin nadie que le llevase la contraria había estrechado de tal modo sus horizontes —¡siendo el horizonte a nuestro alrededor tan vasto y majestuoso como era!— que había llegado a la convicción de que ya sabía del mundo todo cuanto había que saber. Además, el ansia de escapar, como descubrí más adelante, había ido menguando en su fuero interno. Su corazón se aferraba a la idea de seguir siendo hasta la muerte rey de su minúsculo reino. En realidad, no era el miedo a los piratas o a los caníbales lo que le impedía encender fogatas o ponerse a bailar en lo alto de la isla agitando su sombrero, sino la indiferencia que sentía por la salvación, la rutina, y esa testarudez propia de la edad senil.

»Llegó el momento de retirarse a dormir. Cruso se ofreció a cederme su cama, pero yo no quise aceptar y preferí que Viernes me extendiera un lecho de hierba en el suelo. Y allí me tendí, a un brazo de distancia de Cruso, pues la choza era más bien pequeña. La noche anterior navegaba rumbo a casa; al día siguiente me había convertido en náufrago. Incrédula todavía ante tan brusco viraje de mi fortuna, desazonada por el dolor de las ampollas de las manos, permanecí largas horas despierta. Al fin pude conciliar el sueño. Me desperté una vez durante la noche. El viento había amainado; podía oír el canturreo de los grillos y, a lo lejos, el rugir de las olas. Estoy en una isla, sana y salva, todo irá bien, me dije a mí misma en un susurro, y, estrechando en un fuerte abrazo mi propio cuerpo, volví a quedarme dormida.

»Me despertó el tamborileo de la lluvia en la techumbre. Ya era de día; Viernes, en cuclillas delante del horno —no le he hablado aún del horno de Cruso, un horno de piedra muy bien hecho—, echaba leña al fuego y soplaba para reavivar las brasas. En un primer momento me dio vergüenza que me viera acostada, pero enseguida recordé la falta de prejuicios con que las damas de Bahía se conducían delante de sus criados y me sentí mejor. Apareció Cruso e hicimos un buen desayuno a base de huevos de pájaro, mientras la lluvia abría gruesas goteras por todo el tejado y silbaba al caer sobre las piedras recalentadas. Luego dejó de llover y salió el sol, levantando nubes de vapor de la tierra, y el viento volvió a soplar y lo hizo sin interrupción hasta que otra vez amainó y empezó a llover de nuevo. Viento y lluvia, lluvia y viento: tal era el implacable discurrir de los días en aquel lugar y, por lo que sé, así había sido desde la noche de los tiempos. Si hubo una circunstancia más que cualquier otra que me decidiera a escapar de allí, costase lo que costase, no fue ni la soledad, ni la rudeza de la vida que llevábamos, ni la monotonía de la dieta, sino el viento, aquel viento que, día tras día, silbaba sin descanso en mis oídos, enmarañaba mis cabellos y cegaba mis ojos de arena, hasta el extremo de que, a veces, me dejaba caer de rodillas en un rincón de la choza, me tapaba la cabeza con las manos y me ponía a gimotear a solas, con el único propósito de oír algún otro sonido que no fuese el ulular del viento; o, más adelante, cuando me aficioné a bañarme en el mar, cogía aire y hundía la cabeza bajo el agua con el único fin de sentir lo que era estar en silencio. Se dirá usted seguramente:

"En la Patagonia el viento sopla sin descanso todo el año, y no por eso los patagones se tapan la cabeza, ¿por qué lo hace ella?". Pero los patagones, que no conocen más país que la Patagonia, no tienen ninguna razón para dudar de que el viento sople sin cesar las cuatro estaciones del año en todos los rincones del globo; yo, por el contrario, sé que no es así.

»Antes de partir a sus quehaceres isleños, Cruso me dio su cuchillo y me advirtió que no me aventurase fuera de su castillo; pues los monos, añadió, tal vez no fueran tan precavidos con una mujer como lo eran con él y con Viernes. Yo me hice la siguiente pregunta: ¿Es que para un mono la mujer pertenece a una especie distinta a la del hombre? Fuera como fuese, obedecí prudentemente, me quedé en casa y descansé.

»A excepción del cuchillo, todos los utensilios de la isla eran de madera o de piedra. La pala con la que Cruso nivelaba las terrazas —ya le hablaré largo y tendido de aquellas terrazas más adelante— era un madero delgado y combado por el mango, hecho de una sola pieza y endurecido al fuego. Su azadón consistía en una piedra afilada sujeta a un palo con una correa. Los cuencos en los que comíamos y bebíamos eran simples bloques de madera vaciados a base de raspar y poner al fuego. Pues en la isla no había arcilla susceptible de ser moldeada y cocida, y los árboles, encanijados por obra de los vientos, eran todos demasiado raquíticos y sus troncos rara vez más gruesos que mi mano. Era una verdadera lástima que todo lo que Cruso hubiera salvado del naufragio fuese un cuchillo. Pues si hubiera salvado además algunos útiles de carpintero, por modestos que fuesen, unas cuantas ganzúas, barrotes y cosas por el estilo, habría podido fabricar utensilios mejores, y con mejores utensilios llevar una vida menos laboriosa, o incluso construirse un bote y escapar a la civilización.

»En la choza lo único que había era la cama, hecha con estacas sujetas por correas de cuero, de factura muy tosca pero sólida, un montón de pieles de mono puestas a curar en un rincón, que hacían que la choza oliera como el almacén de un curtidor —con el tiempo fui haciéndome a aquel olor, e incluso, después de dejar la isla, he llegado a veces a echarlo en falta; aún hoy el olor a pieles sin curtir hace que me sienta somnolienta– y el horno, en donde cada vez que se hacía fuego se conservaban los rescoldos para la vez siguiente, pues la operación de encender un fuego totalmente nuevo era sumamente trabajosa.

»Lo que esperaba encontrar más que ninguna otra cosa no estaba allí. Si Cruso no llevaba un diario no era solo porque careciese de tinta y papel, sino sobre todo, pienso ahora, porque carecía de la inclinación necesaria para escribirlo, y si alguna vez la había tenido había acabado por perderla. Miré en las estacas que sostenían la techumbre, y en las patas de la cama, pero no hallé la menor inscripción, ni muescas tan siquiera que indicaran que llevaba el cómputo de sus años de exilio o de los ciclos de la luna.

»Más adelante, cuando tuve mayor confianza con él le hablé de mi sorpresa.

»–Suponga –le dije– que un día nos rescatan. ¿No lamentará no llevar con usted al regreso algún tipo de diario de estos años de naufragio para que todo cuanto ha pasado no muera en el olvido? Y si, por el contrario, nadie nos salva y vamos pereciendo uno tras otro, como muy bien pudiera ocurrir, ¿no desearía dejar a su muerte algún testimonio escrito para que los navegantes que arriben a estas costas en un futuro, quienesquiera que sean, puedan leerlo, saber de nuestra existencia, y tal vez derramar una lágrima? Pues no hay duda de que cada día que pasa nuestros recuerdos se hacen más inciertos, como la estatua de mármol que desgastada por la lluvia ni siquiera deja adivinar la forma que la mano del escultor le dio. ¿Qué recuerdos guarda aún de aquella tempestad fatal, de las plegarias de sus compañeros, de su propio terror cuando le tragaron las olas, de su gratitud cuando se vio arrojado a la playa, de sus primeras exploraciones de tanteo, del miedo a las bestias salvajes, de las incomodidades de aquellas primeras noches? ¿No me ha contado que dormía en la copa de los árboles? ¿No se podría fabricar de algún modo tinta y papel y fijar por escrito los jirones que aún queden de esos recuerdos para que le sobrevivan o, a falta de tinta y papel, grabar la historia al fuego en la madera, o inscribirla en la roca? Muchas cosas pueden faltamos en esta isla, pero, desde luego, el tiempo no es una de ellas.

»Me expresé, creo, con gran vehemencia, pero Cruso no pareció conmoverse.

»–Nada está olvidado –replicó. Y luego añadió–: Nada de lo que he olvidado merece recordarse.

»–¡Está muy equivocado! –exclamé–. ¡No quiero discutir, pero ya ha olvidado muchas cosas y cada día que pase olvidará muchas más! Olvidar no es algo vergonzoso; el olvido forma parte de nuestra naturaleza como la vejez y la muerte. Pero vista desde una distancia demasiado remota toda vida acaba perdiendo sus rasgos distintivos. Todos los naufragios son al final el mismo naufragio, todos los náufragos el mismo náufrago, abrasado por el sol, solo, vestido con las pieles de las bestias que ha cazado. La verdad que hace que su historia sea suya y solo suya, la que le diferencia del viejo lobo de mar que, junto al fuego del hogar, cuenta historias inverosímiles de monstruos marinos y sirenas, esa verdad, como digo, estriba en mil pequeños detalles que hoy, tal vez, puedan parecer carentes de importancia, a saber: ¿cuándo hizo la aguja, esa que lleva al cinto, y cómo se las arregló para perforar el ojo de la aguja?, ¿cuándo se cosió el sombrero y qué es lo que usó como hilo? Detalles de esta índole son los que un día harán que sus compatriotas se convenzan de que todo, palabra por palabra, es la pura verdad, de que, efectivamente, hubo una vez una isla en medio del océano en la que soplaba el viento y las gaviotas chillaban en lo alto de los acantilados y donde un hombre llamado Cruso se paseaba vestido con pieles de mono oteando el horizonte con la esperanza de avistar una vela.

»La soberbia cabeza de Cruso, con su melena aleonada y aquella barba que jamás se recortaba, resplandecía a la luz del crepúsculo. Abría y cerraba las manos, aquellas manos nervudas, ásperas, encallecidas por el duro trabajo.

»–Está la bilis de las aves marinas –sugerí–. Los huesos de jibia. Los plumas de gaviota.

»Cruso levantó la cabeza y me lanzó una mirada desafiante.

»–A mi muerte dejaré mis terrazas y mis muros –respondió–. Con eso será suficiente. Más que suficiente. –Y volvió a guardar silencio.

»Yo, por mi parte, me preguntaba quién iba a cruzar el océano solo para ver unas terrazas y unos muros, cuando en su propia tierra los tendría, sin duda, en abundancia; pero no hice el menor comentario.

»Seguimos durmiendo juntos en la choza, él en su cama y yo en aquel lecho de hierba, tan espeso y confortable, que Viernes me preparaba en el suelo y me cambiaba cada tres días. Cuando las noches empezaron a ser frías me echaba por encima una manta hecha de pieles, pues durante todo aquel tiempo la única ropa que tuve fueron las enaguas con las que había llegado a la playa; pero prefería no taparme con las pieles, pues su olor era aún demasiado penetrante para las ventanas de mi nariz.

»A veces los ruidos que hacía Cruso mientras dormía no me dejaban conciliar el sueño, especialmente aquella costumbre suya de entrechocar los dientes. De tal modo se le había estropeado la dentadura que había adquirido el hábito de entrechocar constantemente las pocas muelas que le quedaban con el fin de mitigar el dolor. Ver cómo cogía la comida con las manos mugrientas y cómo la iba royendo en el carrillo izquierdo, donde menos le dolía, no era desde luego un bonito espectáculo. Pero Bahía y la vida que llevé allí me habían enseñado a no ser demasiado aprensiva.

»Una vez soñé con el capitán de navío asesinado. En mi sueño le veía flotar rumbo al sur en su minúsculo bote con los remos cruzados sobre el pecho y aquella horrible lezna saliéndole del ojo. El mar se henchía con furioso oleaje, rugía el viento, la lluvia caía a torrentes; pero el bote, en vez de hundirse, proseguía lentamente su marcha a la deriva hacia la región de los hielos flotantes, y me parecía que allí seguiría a merced de las olas, en su molde de hielo, hasta el día de nuestra resurrección. Era un hombre bondadoso –permítame este breve inciso como homenaje a su memoria– que se merecía un final mejor.

»La advertencia de Cruso respecto a los monos hizo que me lo pensara dos veces antes de salir del campamento. No obstante, al tercer día de mi llegada a la isla, después de que Cruso y Viernes se fueran a sus tareas, decidí aventurarme al exterior y estuve buscando algún modo de bajar hasta que di con el sendero por el que había subido montada en Viernes, y lo seguí hasta llegar a la orilla del mar, poniendo buen cuidado en dónde pisaba, pues aún seguía sin zapatos. Paseé largo rato por la playa, fija siempre la mirada en el horizonte, aunque parecía aún algo pronto para la llegada de un hipotético rescate. Me metí en el agua hasta las rodillas y me distraje con los pececillos de vivos colores que venían a picar el anzuelo de mis pies y a averiguar qué clase de criatura era yo. Si uno tiene que naufragar, me dije, la isla de Cruso no es después de todo tan mal sitio para hacerlo. Luego, hacia el mediodía, desanduve el sendero cuesta arriba, dedicándome a recoger leña para el fuego, como me habían encargado, sumamente complacida con mi excursión.

»Cuando Cruso regresó, se dio cuenta enseguida de que había salido a explorar, y estalló en un arrebato de cólera.

»–¡Mientras usted viva bajo mi techo hará lo que yo le ordene! –me gritó golpeando el suelo con la pala, sin esperar siquiera a que Viernes estuviera lo bastante lejos como para no oírle. Pero si por un momento creyó que aquellas miradas iracundas iban a inspirarme temor y una obediencia servil, pronto se dio cuenta de su equivocación.

»–Señor Cruso, yo estoy en su isla no por mi propia voluntad, sino como consecuencia de un desdichado azar –le repliqué poniéndome de pie, y casi era tan alta como él–. Soy náufraga, no prisionera. Si tuviera zapatos, o al menos usted me hubiera proporcionado los medios para hacerme unos, no tendría que ir robando por ahí como si fuera una vulgar ladrona.

»Más tarde aquel mismo día, cuando se me pasó el enfado, le pedí perdón a Cruso por la acritud de mis palabras y, aunque un tanto a regañadientes, creo que me lo concedió. Volví a pedirle aguja y cuerda de tripa para hacerme yo misma los zapatos. A lo que me replicó que unos zapatos no podían hacerse en un abrir y cerrar de ojos como si se tratara de pañuelos de bolsillo, que ya me haría él unos a su debido tiempo. Así que fueron pasando los días y yo seguí sin zapatos.

»Le pregunté a Cruso por los monos. Cuando él llegó, me dijo, correteaban por toda la isla, desafiantes y traicioneros. Había matado un buen número de ellos, tras lo cual los restantes se habían retirado a lo alto de los acantilados de lo que él llamaba el North Bluff. En mis andanzas a veces oía sus chillidos y los veía saltando de roca en roca. Eran de un tamaño intermedio entre el de un gato y un zorro, con la cara y las patas negras. No vi que fueran dañinos; pero Cruso los tenía por la peste, y él y Viernes los mataban a garrotazos siempre que podían, y luego los desollaban, curaban las pieles y las cosían para hacer prendas de vestir, mantas y cosas parecidas.

»Una tarde que tenía las manos ocupadas preparando nuestra cena me volví a Viernes y le dije:

»Viernes, tráeme más madera.

»Habría podido jurar que Viernes me había oído, pero no se inmutó. Le repetí la palabra «madera», esta vez señalándole el fuego; al momento se puso en pie, pero siguió allí parado. Entonces intervino Cruso:

»—Madera para el fuego,* Viernes —le dijo; y Viernes fue y trajo unos cuantos troncos de la pila de leña.

»Lo primero que pensé es que Viernes era como uno de esos perros que no obedecen más que a su amo; pero no era esa la razón.

---

* *Wood*, madera; *firewood*, leña. Aunque algo forzado en castellano, he preferido mantener la literalidad de la expresión original, pues el término «leña» no explicaría ni la extrañeza de la narradora, ni su posterior reflexión sobre la incapacidad de deducción lingüística de Viernes. *(N. del T.)*

»—Lo que yo le he enseñado es "madera para el fuego" —explicó Cruso—. No sabe lo que es "madera", a secas.

»Me extrañó que Viernes no entendiera que la madera para echar al fuego era simplemente una determinada variedad de madera, como puede serlo la madera de pino o la de álamo; pero no hice ningún comentario. Solo después de cenar, cuando nos sentamos a contemplar las estrellas como venía siendo nuestra costumbre, volví a plantear la cuestión.

»—¿Cuántas palabras sabe Viernes en inglés? —le pregunté.

»—Tantas como le hacen falta —respondió Cruso—. Esto no es Inglaterra, aquí no necesitamos una gran cantidad de palabras.

»—Habla usted del lenguaje como si fuera una de las calamidades de la vida, como el dinero o las viruelas —observé—. Si Viernes hubiera dominado el inglés, ¿no habría eso aliviado en algo su soledad? Tanto usted como él podrían haber disfrutado todos estos años de los placeres de la conversación; podría haberle enseñado algunos de los logros de la civilización y así haberle hecho usted un hombre mejor. ¿Qué beneficio se saca de una vida en silencio?

»En vez de contestar a mi pregunta Cruso hizo una seña a Viernes para que se acercara.

»—Canta, Viernes —le ordenó—. Canta para la señora Barton.

»Y Viernes levantó la cabeza a las estrellas, cerró los ojos y, obediente a su amo, empezó a canturrear en voz baja. Yo escuchaba atenta, pero no lograba distinguir ninguna melodía. Cruso me dio una palmadita en la rodilla.

»—La voz del hombre —sentenció.

»No entendí lo que quería decirme; pero llevándose un dedo a los labios me indicó que siguiera callada. En la oscuridad seguimos escuchando el canturreo de Viernes.

»Viernes hizo por fin una pausa.

»—¿Es que Viernes es un imbécil incapacitado para el habla? —le pregunté—. ¿Es eso lo que me quiere usted decir?

»Pues Viernes, repito, me parecía en todos los aspectos un individuo extraordinariamente anodino.

»Cruso hizo que Viernes se acercara más aún.

»—Abre la boca —le ordenó abriendo la suya. Viernes abrió la boca—. Mire —me dijo Cruso.

»Y miré, pero en aquella oscuridad lo único que veía era el brillo de aquellos dientes blancos como el marfil.

»—La, la, la —canturreó Cruso, y le hizo señas a Viernes para que lo repitiera.

»—Ha, ha, ha —tararó Viernes desde el fondo de su garganta.

»—No tiene lengua —explicó Cruso. Y cogiéndole a Viernes por el pelo puso su cara casi contra la mía—. ¿Lo ve? —me preguntó.

»—Está demasiado oscuro —contesté.

»—La, la, la —insistió Cruso.

»—Ha, ha, ha —repitió Viernes.

»Yo me hice a un lado y Cruso soltó el pelo de Viernes.

»—No tiene lengua —volvió a decir—. Por eso es por lo que no habla. Le cortaron la lengua.

»Le miré atónita.

»—¿Quién le cortó la lengua?

»—Los tratantes de esclavos.

»—¿Los tratantes de esclavos le cortaron la lengua y luego lo vendieron como esclavo? ¿Los cazadores de esclavos de África? Pero seguramente cuando le capturaron no era más que un niño. ¿Por qué habían de cortarle la lengua a un niño?

»Cruso se quedó mirándome fijamente. Aunque ahora no podría jurarlo me pareció que sonreía.

»—Tal vez los tratantes de esclavos, que son moros, tienen a la lengua por un manjar delicado —comentó—. O tal vez se acabaron hartando de los gimoteos de Viernes, que no cesaban ni de día ni de noche. O quizá lo que querían era impedirle que un día pudiera contar su propia historia: quién era, dónde estaba su hogar, cómo había tenido lugar su captura. Es posible que les cortaran la lengua a todos los caníbales que caían en sus manos, como justo castigo. ¿Cómo vamos a saber la verdad?

»—Es una historia terrible —concluí. Guardamos silencio. Viernes recogió sus utensilios y desapareció en la oscuridad—. ¿Es que no hay justicia en este mundo? Primero esclavo y ahora, para colmo, también náufrago. Le roban la infancia y le condenan a una vida de silencio. ¿Es que la Providencia estaba dormida?

»—Si la Providencia tuviera que velar por todos nosotros —respondió Cruso—, ¿quién quedaría para recolectar el algodón y cortar la caña de azúcar? Para que prosperen los negocios del mundo, la Providencia ha de velar unas veces y dormir otras, como hacen las criaturas inferiores. —Al ver que yo movía la cabeza prosiguió—: Usted piensa que yo me burlo de la Providencia. Pero, tal vez, el hecho de que Viernes se encuentre en una isla a las órdenes de un amo benévolo, y no en el Brasil, bajo el látigo de algún plantador, o en África, donde las selvas están infestadas de caníbales, sea también un designio de la Providencia. Tal vez, aunque nosotros no alcancemos a verlo, lo mejor es que él esté aquí, y que yo esté aquí igualmente, y que ahora usted esté aquí también.

»Hasta aquel momento, Viernes me había parecido una criatura un tanto sombría, y apenas le había prestado más atención que a cualquiera de los esclavos domésticos que vi en el Brasil. Pero ahora empecé a mirarle —no podía reprimirme— con ese horror que reservamos a los mutilados. Que su mutilación fuera secreta y quedara oculta tras sus labios —del mismo modo que hay otras mutilaciones veladas por el vestido—, que su aspecto externo fuera como el de cualquier otro negro, poco o nada me servía como atenuante. Era precisamente el carácter oculto de su mutilación lo que me hacía retroceder ante su presencia. Cuando le tenía cerca no podía articular palabra sin reparar conscientemente en la soltura de los movimientos de la lengua en mi propia boca. Me asaltaban visiones de pinzas cogiéndole la lengua y de cuchillos que se la rebanaban, como debía de haber ocurrido en realidad. Le observaba de reojo mientras comía, y con aprensión oía aquellas tosecillas con las que de cuando en cuando se aclaraba la garganta y veía cómo masticaba la comida con los dientes delanteros como si fuera un pez. Me sorprendí a mí misma dando un paso atrás cuando se me aproximaba o conteniendo el aliento para no tener que aspirar su olor. A hurtadillas limpiaba los utensilios que sus manos habían tocado. Me sentía avergonzada de mi comportamiento, pero durante algún tiempo no fui dueña de mis actos. Lo único que lamentaba era que Cruso me hubiera contado aquella historia.

»Al día siguiente de nuestra conversación, cuando Cruso volvió de sus terrazas, yo me paseaba con unas sandalias. Pero si esperaba que me diera las gracias por todo el trabajo que le había ahorrado, pronto vi que estaba en un error.

»—Con un poco más de paciencia habría tenido unos zapatos mucho mejores —me dijo. Lo cual probablemente era muy cierto, pues las sandalias estaban hechas con gran tosquedad. Pero no podía pasar por alto sus palabras.

»—Tanta paciencia ha hecho de mí una prisionera —le respondí agriamente. Tras lo cual Cruso, enfurecido, dio media vuelta, cogió del suelo las pieles con las que yo me había hecho mis sandalias y las estrelló contra la cerca con todas sus fuerzas.

»Viendo que esa vez estaba poco dispuesto a aceptar excusas, bajé por el sendero a la orilla del mar y anduve hasta llegar a un punto en el que la playa estaba cubierta de algas marinas arrojadas por las olas, medio descompuestas, y donde nubes de pulgas de tierra o de mar se levantaban a cada paso que daba. Allí me detuve mientras se me pasaba el enfado. Es un tipo bien hosco, me dije a mí misma. ¿Y por qué no habría de serlo? Tras años de solitario e incuestionado dominio ve su reino invadido por una mujer que, para colmo, le dice lo que tiene que hacer. Me prometí a mí misma que en adelante frenaría más mi lengua. Mucha peor suerte podría haber corrido que ser abandonada en una isla gobernada por un compatriota que había tenido la previsión de nadar hasta la playa con un cuchillo al cinto y un esclavo que le acompañara. ¿No podría haber ido a parar a alguna isla infestada de leones y serpientes, o a una donde nunca lloviese, o a otra, feudo de algún aventurero extranjero al que la soledad hubiera vuelto loco y anduviera desnudo y embrutecido alimentándose de carne cruda?

»Volví, pues, con espíritu de contrición, me dirigí a Cruso, le pedí perdón por haber cogido las pieles y acepté agradecida la comida que Viernes me había dejado apartada. Cuando me acosté aquella noche sentí como si la tierra temblara bajo mi cuerpo. Me dije que sería el recuerdo del balanceo del barco que volvía a mí de forma inesperada, Pero no era eso: era la isla que flotaba meciéndose en el mar. Pensé: Es un signo, todo un signo de que me estoy convirtiendo en una isleña. Empiezo a olvidar lo que es vivir en tierra firme. Extendí los brazos, apoyé las manos en el suelo, y el balanceo persistía, la isla se mecía mientras surcaba el mar y la noche llevando hacia el futuro su cargamento de gaviotas y gorriones, pulgas, monos y náufragos, todos inconscientes en aquel momento excepto yo. Me dormí con una sonrisa en los labios. Desde que me embarqué hacia el Nuevo Mundo creo que era la primera vez que sonreía.

»Dicen que Gran Bretaña también es una isla, una gran isla. Pero esa es una noción meramente geográfica. En Gran Bretaña la tierra que pisamos es mucho más firme de lo que nunca lo fue en la isla de Cruso.

»Ahora que ya tenía zapatos me aficioné a bajar a la playa todos los días y en el curso de mis paseos me alejaba en una u otra dirección tanto como podía. Me decía a mí misma que así tenía más posibilidades de avistar alguna vela. Pero con demasiada frecuencia mi mirada se perdía absorta en el horizonte hasta que, arrullada por el silbido del viento, el fragor de las olas y el crujir de la arena bajo mis pies, me iba sumiendo en una especie de letargo. Descubrí una cavidad en las rocas en donde podía tumbarme a resguardo del viento y contemplar el mar. Con el tiempo llegué a considerarlo como mi refugio privado, el único lugar que me estaba reservado en una isla propiedad de otro; aunque lo cierto es que la isla le pertenecía a Cruso tanto como podía pertenecer al rey de Portugal, a Viernes, evidentemente, o a los caníbales de África.

»Más, mucho más podría contarle de la vida que llevábamos: cómo manteníamos las brasas encendidas día y noche; cómo hacíamos sal; cómo, a falta de jabón, nos limpiábamos con ceniza. Una vez le pregunté a Cruso si no sabía algún modo de fabricar una lámpara o una vela, para que no tuviéramos que irnos a dormir tan pronto como se hacía de noche, como las bestias salvajes. A lo que me respondió con las siguientes palabras:

»—¿Qué es más fácil: aprender a ver en la oscuridad o salir a pescar una ballena y hervir su aceite para hacer con él una vela?

»Se me ocurrieron un buen número de respuestas adecuadas a semejante pregunta; pero, recordando mi promesa, me callé. La verdad pura y simple es que Cruso no estaba dispuesto a introducir el más mínimo cambio en la isla.

»Llevaba allí un mes aproximadamente cuando una mañana Cruso regresó de las terrazas quejándose de que no se encontraba bien. Al ver que tenía escalofríos le hice meterse en la cama y le tapé para que estuviera bien abrigado.

»—Es la vieja fiebre que traje conmigo —me dijo—. No tiene cura, hay que dejar que siga su curso.

»Le cuidé durante doce días con sus noches, y a veces, cuando era presa del delirio, o sollozaba, o golpeaba con los puños gritando en portugués a visiones que se le aparecían en las sombras, tenía que sujetarle con fuerza. Hubo una noche en la que, tras gemir y estremecerse de escalofríos durante horas y horas, las manos y los pies se le quedaron gélidos como el hielo y yo, temiendo que muriera si no hacía algo por impedirlo, me eché a su lado y le estreché en mis brazos para darle calor. Abrazado a mí se quedó finalmente dormido y yo me dormí también, aunque el mío fue un sueño lleno de inquietud.

»Durante todo aquel tiempo Viernes no solo no hizo el más mínimo esfuerzo por ayudarme, sino que llegaba hasta el punto de evitar la choza como si ambos tuviéramos la peste. Al rayar el alba se ponía en camino con su lanza de pescar; cuando regresaba dejaba el producto de su pesca, ya convenientemente destripado y limpio de escamas, en el suelo al lado del horno, y, o bien se retiraba a un extremo del jardín donde se dormía hecho un ovillo como los gatos, o bien se ponía a tocar una y otra vez con su pequeña flauta de caña una melodía compuesta de seis notas, siempre la misma. Aquella melodía de la que nunca parecía cansarse me llegó a resultar tan insufrible que un día me acerqué a donde estaba, le arranqué la flauta de las manos y, comprendiera o no las razones que me asistían, le habría dado una buena reprimenda si no hubiera temido despertar a Cruso. Viernes se puso en pie de un brinco y me miró con ojos desorbitados por la sorpresa, pues hasta aquel momento ni había perdido nunca con él la paciencia, ni tampoco le había prestado siquiera demasiada atención.

»Cruso empezó a mejorar. Se fue apagando aquel fulgor salvaje de su mirada, las líneas de su rostro se dulcificaron, sus accesos de delirio remitieron, y volvió a conciliar el sueño con placidez. Pronto recobró el apetito. Y al poco ya pudo ir andando de la choza al jardín valiéndose por sí mismo y dar de nuevo órdenes a Viernes.

»Saludé su restablecimiento con auténtica alegría. En el Brasil había visto hombres más jóvenes que él aniquilados por la fiebre; hubo una noche y un día, al menos, en los que tuve el convencimiento de que Cruso se estaba muriendo, y la perspectiva de quedarme sola con Viernes era cualquier cosa menos alentadora. Creo que fue la vida de incansable actividad que llevaba lo que salvó a Cruso, aquella vida activa y la frugalidad de la dieta, no ninguna de mis dotes curativas.

»Poco después se desencadenó una espantosa tormenta, aullaba el viento y la lluvia caía a torrentes. Una ráfaga huracanada arrancó de cuajo la techumbre de la choza, y apagó el fuego que tan celosamente guardábamos. Corrimos la cama al único rincón que seguía seco, pero incluso allí el suelo pronto se transformó en un auténtico barrizal.

»Pensé que Viernes se sentiría despavorido por el fragor de los elementos (yo jamás había visto una tormenta semejante y me compadecía de los pobres marineros a los que hubiera sorprendido en altamar). Pero no, Viernes se sentó bajo el alero, apoyó la cabeza en las rodillas y se durmió como si fuera un niño pequeño.

»Al cabo de dos noches y un día la lluvia amainó y salimos a estirar nuestros miembros entumecidos. Nos encontramos con que el jardín había sido prácticamente arrasado por la riada y que donde antes el sendero empezaba a descender por la ladera de la colina se abría ahora un hoyo del diámetro de mi cintura. La playa estaba cubierta de montones de algas marinas arrojadas por las olas. Entonces empezó otra vez a llover, y por tercera noche consecutiva tuvimos que guarecernos en nuestro mísero refugio, hambrientos, ateridos, imposibilitados de encender fuego.

»Aquella noche Cruso, que parecía completamente restablecido, volvió a quejarse de sentir fiebre, se despojó violentamente de todo lo que llevaba puesto y se tendió dando boqueadas. Luego empezó a delirar y a dar tales sacudidas de un lado a otro como si le faltase el aliento que, por un momento, creí que la cama iba a saltar hecha pedazos. Le agarré con fuerza por los hombros y traté de calmarle, pero me apartó de un manotazo. Grandes temblores sacudían su cuerpo; se quedó rígido como un tronco y empezó a vociferar algo así como "Masa" o "Massa" palabra cuyo significado nunca he podido llegar a saber. Despertado por el alboroto, Viernes sacó su flauta y se puso a tocar aquella odiosa melodía suya, y llegó un momento en que, con la lluvia, el viento, los gritos de Cruso y la música de Viernes, creí hallarme en un manicomio. Pero seguí sujetando a Cruso y tratando de que se calmara hasta que por fin lo conseguí, y Viernes dejó de hacer ruido, y hasta pareció que la lluvia empezaba a amainar. Entonces me tendí junto a Cruso para calentar su cuerpo con el mío; al poco sus temblores cesaron y los dos nos quedamos finalmente dormidos.

»Volví en mí ya con luz de día en medio de un desacostumbrado silencio, pues la tormenta ya había pasado. Una mano exploraba mi cuerpo. Me sentí tan confundida que por un momento creí hallarme aún a bordo del barco, en el lecho del capitán portugués. Pero al volverme y ver la enmarañada melena de Cruso, aquellas largas barbas que nunca se recortaba y sus ojos vidriosos, supe que no era víctima de ninguna alucinación, que yo había ido a parar a una isla en compañía de un hombre que se llamaba Cruso, y que, aunque inglés, seguía siéndome tan extraño como si hubiera sido lapón. Le quité la mano de encima y traté de levantarme, pero él me sujetó con fuerza. No hay duda de que hubiera podido zafarme de él, pues yo era más fuerte. Pero me hice la siguiente reflexión: Él no ha conocido ninguna mujer en los últimos quince años, ¿por qué no habría de satisfacer su deseo? No ofrecí, pues, más resistencia y le dejé hacer lo que deseaba. Cuando salí de la choza no vi a Viernes por ningún sitio, lo cual me alegró. Me alejé dando un paseo y me senté a poner en claro mis ideas. En los arbustos que me rodeaban se posó una bandada de gorriones que erguían sin miedo sus cabecitas, pues nunca desde el origen de los tiempos les había hecho el hombre daño alguno, y que me miraban con curiosidad. Lo que había pasado entre Cruso y yo, ¿era algo que debía lamentar? ¿Habría sido mejor si hubiéramos seguido viviendo como hermano y hermana, o huésped y anfitrión, o como amo y criado, o lo que hasta entonces hubiésemos sido? El azar me había hecho arribar a su isla, el azar me había arrojado en sus brazos. En un mundo de azares, ¿es que eran venturosos unos y funestos otros? Nos rendimos al abrazo de un desconocido o nos arrojamos a las olas; en un abrir y cerrar de ojos nuestra vigilancia se relaja; nos quedamos dormidos; y al despertar nos encontramos con que hemos perdido el rumbo de nuestras vidas. ¿Qué son esos parpadeos contra los que la única defensa posible sería una vigilia tan constante como inhumana? ¿No serán tal vez las grietas e intersticios por los cuales otra voz, otras voces hablan a nuestras vidas? ¿Con qué derecho les cerramos nuestros oídos? Todas estas preguntas resonaban en mi mente sin encontrar respuesta alguna.

»Un día que paseaba por lo alto del Bluff, en el extremo norte de la isla, Viernes pasó por debajo llevando al hombro un madero o travesaño que era casi tan largo como él mismo, y me quedé espiándole. Mientras le observaba, salvó la barrera de arrecifes que se adentraba en el mar al pie de la pared del acantilado, lanzó el madero al agua, que en aquel punto, alcanzaba gran profundidad, y se sentó a horcajadas sobre él.

»A menudo había observado cómo pescaba Viernes, erguido sobre las rocas, a la espera del primer pez que se deslizara por el agua bajo sus pies para ensartarlo con aquella lanza que manejaba con tan admirable destreza. Pero que ahora, echado de bruces sobre su rudimentaria embarcación, pretendiera pescar con lanza era algo que no me cabía en la cabeza.

»Pero Viernes no estaba pescando. Tras alejarse remando con los brazos las cien yardas, aproximadamente, que separaban la barrera de arrecifes del punto donde se hallaba el mayor banco de algas, metió la mano en una bolsita que llevaba colgada al cuello y sacó unos puñados de copos blancos que empezó a esparcir sobre las aguas. En un primer momento pensé que se trataría de algún cebo para atraer a los peces; pero no, cuando hubo esparcido todos los pétalos dio media vuelta al madero y lo condujo de nuevo al arrecife, donde lo atracó no sin grandes dificultades debido al fuerte oleaje.

»Deseosa de averiguar qué era lo que había arrojado a las olas, aquella tarde esperé a que se fuera a llenar los cuencos de agua. Entonces busqué debajo de su estera y descubrí una bolsita atada con un cordel, y al vaciarla encontré unos cuantos pétalos y capullos blancos de los zarzales que en aquella estación florecían en diversas zonas de la isla. Deduje, pues, que habría hecho una ofrenda al dios de los mares para que los peces picaran en abundancia, o celebrado algún otro rito supersticioso parecido.

»Al día siguiente, como el mar seguía en calma, sorteé las rocas al pie del Bluff como había hecho Viernes y me detuve donde empezaba la barrera de arrecifes. El agua estaba fría y tenía un color oscuro; solo de pensar en aventurarme en aquellas profundidades y en abrirme paso a nado, con madero o sin él, por entre el bosque de tentáculos de las algas marinas, donde sin duda las jibias estarían al acecho de cualquier presa que se adentrase temeraria en su territorio, sentí escalofríos. De los pétalos de Viernes no quedaba el menor rastro.

»Hasta aquel momento, a la vida de Viernes le había prestado tan poca atención como habría hecho con la de un perro o con la de cualquier otra bestia carente de habla, incluso menos, pues el horror que me inspiraba su condición de mutilado me llevaba a borrarle en lo posible de mi mente y a echarme hacia atrás cada vez que se me acercaba. El lanzamiento de aquellos pétalos era el primer indicio de que un espíritu o alma, o como quiera usted llamarlo, anidaba bajo aquel aspecto externo tan anodino como repelente.

»—¿Dónde se fue a pique el barco en el que iban usted y Viernes? —le pregunté a Cruso.

»Me señaló un punto de la costa que yo no había visitado nunca.

»—Si pudiéramos llegar buceando hasta el casco del buque hundido —le dije—, podríamos rescatar, incluso a estas alturas, algunas herramientas que nos serían de gran utilidad, como una sierra, o un hacha, por ejemplo, cosas ambas de las que carecemos. También podríamos desclavar unos cuantos tablones y aprovecharlos. ¿No habrá algún modo de explorar los restos del naufragio? ¿No podría Viernes acercarse hasta allí a nado, o sobre un madero, y luego zambullirse con una cuerda atada a la cintura para más seguridad?

»—El barco yace en el seno del océano, destrozado por el oleaje y cubierto de arena —replicó Cruso—. No creo que lo que haya podido sobrevivir al salitre y a los gusanos de mar valga mucho la pena. Aquí tenemos un techo bajo el que cobijarnos, levantado sin la ayuda de ninguna sierra o hacha. Dormimos, comemos y vivimos. No nos hace falta ninguna herramienta.

»Lo dijo como si las herramientas fuesen una invención diabólica. Pero me constaba que si yo hubiera llegado a la playa con una sierra atada al tobillo, él la habría cogido inmediatamente y habría hecho buen uso de ella.

»Ahora, con su permiso, le hablaré de las terrazas de Cruso.

»Las terrazas cubrían buena parte de las laderas de las colinas que se alzaban en el extremo oriental de la isla, donde se hallaban más a resguardo de los vientos. En la época de mi llegada podían contarse hasta doce niveles de terrazas, de unos veinte pasos de ancho cada uno y protegidos por muros de piedra de una yarda de espesor, cuya altura máxima venía a ser la de un hombre. Dentro de cada terraza el terreno había sido nivelado y desbrozado; las piedras que formaban los muros o bien se habían sacado de la tierra allí mismo, o bien habían sido acarreadas desde otros lugares, una a una. Le pregunté a Cruso cuántas piedras había empleado para construir los muros. Cien mil o quizá más, me contestó. Una obra impresionante, le aseguré. Pero yo pensaba para mí: ¿Era preferible aquella tierra yerma, cocida por el sol y cercada de muros a los guijarros, los arbustos y las bandadas de pájaros?

»—¿Se propone desbrozar la isla entera y transformarla toda en terrazas? —inquirí.

»—Desbrozar toda la isla requeriría el esfuerzo de muchos hombres y de muchas generaciones —me contestó, respuesta por la que enseguida vi que no quería entender más que el sentido literal de mi pregunta.

»—Y cuando planten, ¿qué van a plantar? —insistí.

»—Nosotros no plantaremos —respondió—. No tenemos nada que plantar, esa es nuestra desgracia. —Y me miró con tal aire de dignidad ofendida que lo único que pude hacer fue morderme la lengua—. La siembra queda para aquellos que vengan después de nosotros y que tengan la previsión de traer semillas. Yo lo único que hago es desbrozarles el terreno. Limpiar el terreno y apilar piedras es bien poca cosa, pero aun así es mejor que quedarse sentado cruzado de brazos. —Y entonces añadió con gran seriedad—: Quiero que tenga bien presente una cosa: no todo aquel que lleva la marca del naufragio se siente náufrago en el fondo de su corazón.

»Me quedé meditando en aquellas palabras, cuyo sentido último no lograba entender. Cuando pasaba por delante de las terrazas y veía a aquel hombre, que ya no era joven, esforzándose por extraer una enorme piedra del terreno bajo un sol de justicia o cortando pacientemente la hierba, a la espera, año tras año, de que algún náufrago providencial llegara en un bote y pusiera a sus pies un saco de semillas, todo aquello se me antojaba una variedad de agricultura verdaderamente extravagante. Me parecía que para ocupar su tiempo podía haberse dedicado con igual o mayor provecho a buscar oro, o a cavar tumbas, empezando por la suya propia y la de Viernes, siguiendo luego, si ese era su deseo, por las de todos los posibles náufragos de la historia futura de la isla, y para acabar, también la mía.

»El tiempo transcurría con creciente tedio. Agotadas las preguntas que le hacía a Cruso sobre las terrazas, el bote que nunca construiría, el diario que se negaba a escribir, las herramientas que jamás habría de rescatar del buque hundido y la lengua de Viernes, el único tema de conversación que nos quedaba era el tiempo atmosférico. De su vida de comerciante y plantador anterior al naufragio Cruso no tenía nada que contar. No le importaba ni cómo había ido yo a parar a Bahía ni lo que allí había hecho. Cuando le hablaba de Inglaterra y de todo cuanto me proponía ver y hacer una vez que me rescataran ni siquiera parecía oírme. Era como si pretendiese que tanto la historia de su vida como la de la mía hubieran empezado el día de nuestra respectiva llegada a la isla y que en la isla, igualmente, hubiesen ambas de tener fin. Lo mejor que le puede pasar a Cruso, me decía para mis adentros, es que jamás le rescaten; pues lo que el mundo espera de sus aventureros son historias, historias que merezcan tal nombre y no la mera contabilidad de las piedras que acarrearon a lo largo de quince años, y de dónde las sacaron y adónde las llevaron; un Cruso rescatado supondría para el mundo una amarga decepción; la idea de Cruso en su isla es más tolerable que la de un Cruso taciturno y con el ceño fruncido en una Inglaterra hostil.

»Yo pasaba el día paseándome por lo alto de los acantilados o por la playa y, si no, durmiendo. Nunca le ofrecí a Cruso mi ayuda en su trabajo de las terrazas, pues me parecía un empeño estúpido. Me hice un gorro con lengüetas que me anudaba a modo de orejeras y a veces me ponía también tapones en los oídos para así no tener que sufrir el implacable ulular del viento. Me volví, pues, tan sorda como mudo era Viernes; en una isla en la que nadie hablaba, ¿qué más daba? La enagua con la que había llegado nadando hasta la playa estaba hecha jirones. Mi piel se había vuelto cobriza como la de un indio. Estaba en la flor de la vida y aquel era el destino que me había tocado en suerte. No lloraba; pero a veces me descubría a mí misma sentada en el suelo limpio de vegetación, tapándome los ojos con las manos, balanceándome hacia delante y hacia atrás, gimiendo para oír mi propia voz, y ni siquiera sabía cómo había ido a parar hasta allí. Cuando Viernes me ponía la comida delante, la cogía con los dedos sucios y me la tragaba como si fuera un perro. Me ponía en cuclillas en el jardín sin importarme que pudieran verme. Y oteaba, oteaba sin cesar el horizonte. Con tal de escapar de allí, que quien llegase fuera español, moscovita o caníbal, era algo que no me importaba lo más mínimo.

»Aquel fue mi período más negro, un período de desesperación y de letargo; para Cruso me había convertido en una carga tan pesada como la que él había supuesto para mí cuando deliraba presa de la fiebre.

»Luego, poco a poco, fui recobrando el ánimo y volví a consagrarme a pequeñas tareas. Aunque no sentía por Cruso ningún afecto mayor que antes, le estaba agradecida por haber soportado mis bruscos cambios de humor y que no me hubiera echado de su lado.

»Cruso no volvió a hacer uso de mí. Muy por el contrario, se mostraba tan distante como si nunca hubiera pasado nada entre nosotros. Yo no lamentaba esta actitud suya lo más mínimo. Pero he de confesar que si hubiera tenido la convicción de que iba a pasarme el resto de mis días en la isla, yo misma me habría ofrecido de nuevo a él, o le habría importunado, o hecho cuanto estuviera en mi poder para engendrar y tener un hijo; pues, de lo contrario, aquel hosco silencio que imprimía a nuestras vidas, por no hablar de la perspectiva de pasar mis últimos años a solas con Viernes, hubiera acabado por volverme loca.

»Un día le pregunté a Cruso si había leyes que rigieran su isla, y si las había, cuáles eran; o si, por el contrario, prefería seguir los dictados de su conciencia en la confianza de que el corazón le guiara siempre por el sendero de la justicia.

»—Las leyes se dictan con un único propósito —me dijo—: para mantenernos a raya a nosotros mismos cuando nuestros deseos se vuelven inmoderados. Mientras nuestros deseos sean moderados no nos hace falta ninguna ley.

»—El deseo que tengo de que me saquen de aquí es de tal índole que tendría que calificarlo de inmoderado —le dije—. Me abrasa día y noche, no puedo pensar en ninguna otra cosa.

»—No quiero que me hable de ese deseo suyo —replicó Cruso—. Se refiere a cosas que no son de la isla, no concierne a la isla. En la isla no hay más ley que la que nos manda ganarnos el pan con el sudor de la frente, lo cual, por otra parte, es un mandamiento.

»Después de decir esto, se alejó a grandes zancadas.

»Aquella respuesta no me dejó satisfecha. Si yo era solo una boca más que alimentar y no cumplía ninguna tarea útil en las terrazas, ¿qué es lo que le impedía a Cruso atarme de pies y manos y arrojarme desde lo alto de los acantilados al mar? ¿Qué era lo que le había impedido a Viernes a lo largo de todos aquellos años aplastar con una piedra la cabeza de su amo mientras este dormía, poniendo así punto final a su esclavitud e inaugurando el reinado de la más completa ociosidad? ¿Y qué le había impedido a Cruso atar a Viernes a un poste por las noches, como a un perro, para así dormir más seguro, o cegarle, como ciegan a los asnos en el Brasil? Tenía la impresión de que la isla era terreno abonado para cualquier cosa, de que allí, aunque en pequeña escala, podían darse todas las tiranías, todas las crueldades; y si a despecho de tal posibilidad seguíamos viviendo en paz unos con otros, ¿qué mejor prueba podía pedirse de la existencia de leyes que, aunque nos fuesen desconocidas, frenaban nuestros impulsos, o de que, en caso contrario, habíamos seguido todo el tiempo los dictados de nuestro corazón, y este no nos había traicionado?

»–Cuando ha de castigar a Viernes, ¿cómo le castiga? –le pregunté en otra ocasión.

»–No hay ninguna necesidad de castigar a Viernes –contestó Cruso–. Viernes lleva viviendo conmigo muchos años. Nunca ha tenido otro amo. Hace todo cuanto le ordeno.

»–No hay que olvidar que no tiene lengua –le contesté, pero las palabras salieron solas de mis labios.

»–Viernes perdió la lengua antes de ser mío –replicó Cruso, y me lanzó una mirada desafiante.

»Yo guardé silencio. Pero pensé para mí: Todos sufrimos nuestro castigo diario. Esta isla es nuestro castigo, la isla y la compañía de los otros dos es la condena a muerte que nos dictan día a día.

»No siempre juzgué a Cruso con tanta acritud. Una tarde, viéndole erguido en lo alto del Bluff, la mirada perdida en el mar, con aquel sol rojo y púrpura sobre el que se recortaba su silueta, el bastón en la mano y aquel gran sombrero en forma de cono en la cabeza, pensé para mí: Tiene todo el porte de un rey, él es el verdadero rey de su isla. Y volví los ojos a aquel valle de melancolía que acababa de atravesar, cuando me arrastraba apática e indiferente llorando mi infortunio. Si yo había sabido entonces lo que era sufrir, ¿qué sufrimientos no habría padecido Cruso en sus primeros tiempos en la isla? ¿No debía considerársele con toda justicia como a un héroe que, tras desafiar al aislamiento y dar muerte al monstruo de la soledad, había salido fortalecido con su victoria?

»Las primeras veces que vi a Cruso al atardecer en aquella pose suya, pensé, que, al igual que yo, él también oteaba el horizonte con la esperanza de avistar una vela. Pero me equivocaba. Sus visitas al Bluff formaban parte de su costumbre de abstraerse en la contemplación de las vastas extensiones de agua y cielo. Durante aquellos retiros Viernes jamás le interrumpía; una vez que, ignorante de sus hábitos, me acerqué a él, me echó de su lado con cajas destempladas, y después de aquello estuvimos varios días sin dirigirnos la palabra. El mar y el cielo eran para mí simplemente eso, mar y cielo yermos y monótonos, carecía del temperamento preciso para apreciar tales inmensidades vacías.

»He de hablarle de la muerte de Cruso y de nuestro rescate.

»Una mañana, año y pico después de que me convirtiera en una isleña, Viernes trajo a su amo de las terrazas débil y casi desfallecido. Enseguida vi que la fiebre había vuelto. Le desnudé no sin esfuerzo, le acosté y me dispuse a consagrarme a su cuidado, lamentando no saber más, para la ocasión, de ventosas y de sangrías.

»Esta vez no hubo delirios, ni gritos, ni forcejeos. Cruso yacía con una palidez espectral, mientras un sudor frío empapaba todo su cuerpo, con los ojos abiertos de par en par, y moviendo a veces los labios, aunque yo no lograba entender nada de lo que balbuceaba. Me dije: Este hombre está muriéndose, y yo no puedo hacer nada por salvarle.

»Al día siguiente, como si el hechizo de la mirada de Cruso sobre las aguas se hubiera roto, un buque mercante, el *John Hobart*, que se dirigía a Bristol con un cargamento de añil y algodón, echó anclas frente a la isla y mandó un bote a tierra. De todo este movimiento nada supe hasta que, de pronto, Viernes entró corriendo en la choza, cogió a toda prisa sus lanzas de pescar y salió como una flecha en dirección a los peñascos que servían de guarida a los monos. Entonces salí de la choza y al ver el barco allá abajo, y a los marineros en las jarcias, y los remos del bote rompiendo las olas, di un gran grito de alegría y caí de rodillas.

»La primera noticia que Cruso tuvo de la llegada de extranjeros a su reino fue cuando tres marineros le levantaron de la cama, le tendieron en unas parihuelas y procedieron a transportarle por el sendero que bajaba a la playa; y aun entonces, lo más probable es que pensara que todo no era más que un sueño. Pero cuando le subieron a bordo del *Hobart*, y sintió el olor a brea, y oyó el crujir de las cuadernas, volvió en sí y luchó tan denodadamente por soltarse que fueron precisos tres hombres bien fornidos para reducirle y llevarle bajo cubierta.

»–Aún queda otra persona en la isla –comuniqué al capitán del barco–. Se trata de un esclavo negro que se llama Viernes y que ha huido a esconderse en los riscos que se alzan en la costa norte de la isla. Nada de cuanto le diga podrá hacer que se entregue, pues ni entiende las palabras, ni tampoco posee el menor dominio del lenguaje. Les costará muchísimo trabajo prenderle. Le ruego, no obstante, que mande de nuevo a sus hombres a tierra; pues dado que Viernes es esclavo y en cierto modo aún un niño, es nuestro deber velar por él en toda contingencia y no podemos abandonarle aquí condenándole a una soledad aún más terrible que la muerte.

»Mi súplica a favor de Viernes fue atendida. Se envió a tierra una nueva patrulla al mando del tercer oficial con órdenes expresas de no hacer a Viernes el menor daño, pues no era más que un pobre diablo indefenso, pero, eso sí, de recurrir a cuantos medios fueran precisos para volver con él a bordo. Yo me ofrecí a acompañar la expedición, pero el capitán Smith no quiso permitírmelo.

»Así pues, me senté con el capitán en su camarote, tomamos un plato de cerdo en salmuera con galletas, que me supo riquísimo después de todo un año a base de pescado, bebimos un vaso de vino de Madeira, y le conté mi historia tal y como se la acabo de contar a usted, y que él escuchó con suma atención.

»–Con esa historia debería usted escribir un libro y ofrecérsela a los editores –me sugirió–. No ha habido nunca, que yo sepa, una mujer náufrago oriunda de nuestro país. Provocará un gran revuelo.

»Yo negué tristemente con la cabeza.

»—Tal y como se la he contado, mi historia puede hacer pasar un buen rato —le contesté—, pero lo poco que sé en lo que a escribir libros se refiere me dice que, dada a la imprenta precipitadamente, perdería por completo su encanto. Al ponerla por escrito se desvanecería esa espontaneidad que solo el arte puede suplir y yo carezco de arte.

»—Siendo un simple marino como soy —respondió el capitán Smith—, me es difícil pronunciarme sobre arte, pero puede estar segura de que los editores ya contratarán a alguien que dé unos retoques a su historia y que añada una nota de color en este o aquel pasaje.

»—No permitiré que cuenten mentiras —contesté.

El capitán sonrió.

»—En cuanto a eso no pondría por ellos la mano en el fuego —replicó—. Su comercio son los libros, no la verdad.

»—Antes prefiero ser yo la autora de mi propia historia que dejar que se propalen mentiras sobre mí —insistí—. Si yo no puedo aparecer como su autora y certificar la veracidad de mi relato, ¿qué valor puede tener este? Lo mismo daría haberlo soñado todo en un camastro cualquiera en Chichester.

»En este punto, nos llamaron a cubierta. La patrulla de desembarco estaba ya de regreso y con gran alegría por mi parte distinguí entre las de los marineros la negra figura de Viernes.

»—¡Viernes, Viernes! —le grité cuando el bote se arrimó al costado del buque, sonriéndole para que viera que todo iba bien y que los marineros eran amigos y no enemigos.

»Pero cuando le subieron a bordo Viernes evitó en todo momento que nuestras miradas se encontraran. Con los hombros caídos y la cabeza gacha, esperaba resignado aquello que el destino le deparase.

»—¿No podría llevarle a que viera a su amo? —pregunté al capitán—. Cuando vea que Cruso está bien atendido, tal vez se convenza de que no vamos a hacerle ningún daño.

»Así pues, mientras izaban las velas y la proa del barco enfilaba su rumbo, llevé a Viernes al camarote en el que descansaba Cruso.

»—Aquí tienes a tu amo, Viernes —le dije—. Ahora duerme, ha tomado una droga para dormir. Ya ves que esta es buena gente. Van a llevarnos de vuelta a Inglaterra, que es la patria de tu amo, y allí te daremos la libertad. Ya verás cómo en Inglaterra la vida es mucho mejor de lo que nunca lo fue en la isla.

»Sabía, por supuesto, que Viernes no entendía mis palabras. Pero desde un principio tuve siempre la convicción de que Viernes sabía distinguir los tonos, de que en una voz humana sabía reconocer la bondad cuando esta voz le hablaba con bondad sincera. Seguí, pues, hablándole, repitiéndole las mismas palabras una y otra vez, y mientras apoyaba mi mano en su brazo para que se tranquilizara; le llevé junto al lecho de su amo y le hice arrodillarse hasta que sentí cómo nos invadía una sensación de paz y serenidad, y el marinero que nos había escoltado empezó a bostezar y a arrastrar los pies.

»Convinimos en que yo durmiera en el mismo camarote que Cruso. En cuanto a Viernes, rogué que no le acomodaran con el resto de la tripulación.

»—Antes preferiría morir a los pies de su amo que en la cama más mullida de toda la cristiandad —aseguré.

»Consintieron, pues, en que Viernes durmiera bajo los yugos de popa, a unos pocos pasos de la puerta del camarote de Cruso; apenas se movió de su pequeña madriguera en toda la travesía, salvo cuando yo le llevaba a que viese a su amo. Siempre que le hablaba tenía buen cuidado de sonreírle y de cogerle del brazo, tratándole en todo momento como trataría a un caballo asustado. Pues comprendí que tanto el barco como los marineros debían estar reavivando en él los siniestros recuerdos de aquel tiempo en que había sido arrancado de su país natal y transportado como cautivo al Nuevo Mundo.

»Durante la travesía nos prodigaron todo tipo de atenciones. El médico de a bordo visitaba a Cruso dos veces al día y le practicaba sangrías que le proporcionaban un gran alivio. Pero cuando se quedaba a solas conmigo movía la cabeza y me decía:

»—Su marido se está yendo a pique. Me temo que hemos llegado demasiado tarde.

»(Le diré que el capitán Smith me propuso que llamara a Cruso mi marido y que, con el fin de facilitarme las cosas tanto a bordo como cuando desembarcáramos en Inglaterra, si me preguntaban dijera siempre que habíamos naufragado los dos juntos. Pues si se divulgaba la historia de Bahía y de los amotinados, añadió, se suscitarían no pocas dudas sobre qué clase de mujer pudiera ser yo. Me reí al oírle hacer este comentario —¿qué clase de mujer era yo, después de todo?–, pero seguí su consejo y a bordo fui, pues, para todo el mundo la señora Cruso.

»Una noche, mientras cenábamos —durante toda la travesía me senté a la mesa del capitán–, me dijo al oído que se sentiría muy honrado si, después de la cena, accedía a visitarle en su camarote para tomar juntos una copa de licor. Fingí tomar su invitación como mera expresión de galantería y no acudí. No solo no volvió a insistirme, sino que siguió comportándose con la misma cortesía que hasta entonces había mostrado. Aunque no era más que un simple patrón de barco, hijo de un calderero, según él mismo me dijo, pienso que su conducta fue en todo momento la de un auténtico caballero.)

»Yo le llevaba a Cruso la comida a la cama y le ayudaba a tomársela como si se tratara de un niño pequeño. Unas veces parecía saber dónde se hallaba y otras no. Una noche, al oír que se levantaba, encendí una vela y le vi plantado ante la puerta del camarote empujando para tratar de abrirla sin percatarse de que se abría hacia dentro. Fui a su lado y al tocarle descubrí que tenía el rostro anegado en lágrimas.

»—Ven, Cruso mío —le dije en un susurro. Le conduje de nuevo a su litera y permanecí a su lado tranquilizándole hasta que volvió a quedarse dormido.

»Creo que en la isla Cruso podría haber vencido a la fiebre, como tantas otras veces había hecho en el pasado. Pues, aunque ya no joven, era un hombre todavía vigoroso. Pero ahora era el miedo, un miedo cerval, lo que le estaba matando. Cada día que pasaba iba alejándose más y más de aquel reino por el que suspiraba y al que nunca habría de volver. Se había convertido en un prisionero y yo, muy a mi pesar, en su carcelera.

»A veces en sus sueños hablaba entre dientes en portugués como, curiosamente, siempre hacía cuando el pasado remoto se instalaba de nuevo en su conciencia. Entonces le cogía la mano, me tendía a su lado y empezaba a hablarle.

»—¿Te acuerdas, Cruso mío —le decía—, de la noche, después de que aquella espantosa tormenta arrancara nuestra techumbre de cuajo, en que tuvimos que dormir al raso contemplando el resplandor de las estrellas y nos despertamos a la refulgente luz de la luna creyendo que ya era de día? En Inglaterra tendremos un techo sobre nuestras cabezas que ningún viento huracanado podrá arrancar. ¿No te parece que la luna de nuestra isla era más grande que la de Inglaterra, en lo que alcances a recordar, y las estrellas más numerosas? Tal vez estábamos allí más cerca también de la luna, como sin duda lo estábamos del sol.

»Pero si fuera verdad que allí nos hallábamos más próximos al firmamento, ¿cómo se explica que en la isla hubiera tan pocas cosas que pudieran calificarse de extraordinarias? ¿Cómo es que no había ni frutos exóticos, ni serpientes, ni leones? ¿Cómo es que nunca aparecieron los caníbales? Cuando en Inglaterra la gente nos pida que la entretengamos, ¿qué les vamos a contar?

»—Cruso —le pregunto, no es ya la misma noche, sino otra distinta, mientras seguimos surcando el océano y la roca que es Inglaterra acecha en lontananza cada vez más cerca—. ¿No has olvidado a nadie en el Brasil? ¿No habrá quedado en tus plantaciones brasileñas una hermana que siga esperando tu regreso, y también algún fiel capataz que lleve tus libros de cuentas? ¿Por qué no volvemos junto a esa hermana tuya del Brasil y dormimos en hamacas, uno al lado del otro, bajo ese vasto cielo brasileño cuajado de estrellas? —Me arrimo más a Cruso; la punta de mi lengua describe la peluda curva de su oreja. Restriego mis mejillas contra sus ásperas patillas, tiendo mi cuerpo sobre el suyo, le estrecho entre mis muslos—. Estoy nadando en ti, Cruso mío –le susurro al oído, y nado más y más. Él es alto, yo también soy alta. Este nadar, este trepar, estos susurros son nuestra cópula.

»O le hablo de la isla.

»–Iremos a ver a un tratante de semillas, te lo prometo, Cruso mío –le digo–. Compraremos un saco de semillas, las mejores que haya. Y cuando nos embarquemos otra vez para las Américas una tempestad nos desviará de nuestro rumbo y nos arrojará de nuevo a tu isla. Plantaremos las terrazas y haremos que den flores y frutos. Todo, todo eso haremos.

»No importan las palabras sino el fervor con que son dichas: Cruso coge mi mano entre las suyas, grandes y huesudas, se las lleva a los labios y solloza.

»Tres días nos quedaban aún para tocar puerto cuando Cruso murió. Yo dormía a su lado en la estrecha litera y en mitad de la noche oí cómo exhalaba un profundo suspiro; luego, al sentir que las piernas iban quedándosele yertas de frío, encendí la vela y empecé a darle unas friegas en sienes y muñecas; pero estaba ya muerto. Salí, pues, y le dije a Viernes en voz baja:

»–Viernes, tu amo ha muerto.

»Viernes estaba echado en el suelo de su pequeño escondrijo, arrebujado en el viejo capote de vigía que el médico de a bordo había encontrado para él. Sus ojos centellearon un instante a la luz del velón, pero no hizo el menor movimiento. ¿Sabía qué significaba la muerte? Nadie había muerto nunca en la isla desde la noche de los tiempos. ¿Sabía, acaso, que estamos condenados a morir, como lo están las bestias? Le tendí la mano, pero no quiso estrecharla. Su actitud me dio a entender que algo sí sabía; aunque lo que esto fuera exactamente nunca llegué a saberlo.

»Cruso fue sepultado en el mar al día siguiente. La tripulación formó con la cabeza descubierta, el capitán rezó un responso, dos marineros volcaron el féretro por la borda, y los restos mortales de Cruso, enfundados en una mortaja de lona, con la última puntada atravesándole la nariz –Viernes y yo vimos con nuestros propios ojos cómo se la daban– y una gruesa cadena arrollada a su alrededor, desaparecieron bajo las olas. Durante toda la ceremonia –rara vez me había dejado ver en cubierta– sentí las miradas llenas de curiosidad de los marineros fijas en mí. Mi aspecto debía de ser, sin duda, un tanto sorprendente, con aquel capote de color oscuro que me había dejado el capitán, echado sobre los pantalones de marinero y, como remate, aquellas sandalias de piel de mono. ¿Me creían realmente la viuda de Cruso o habían ya llegado a sus oídos los rumores –los marineros son especialmente dados a las habladurías– sobre cierta inglesa de Bahía abandonada en una isla desierta en pleno Atlántico por una tripulación portuguesa amotinada? Y usted mismo, señor Foe, ¿quién cree que soy: la viuda de Cruso o alguna audaz aventurera? Piense como guste, pero yo soy no solo quien compartió el lecho de Cruso y cerró sus ojos en el instante supremo, sino, más importante aún, aquella a quien él legó todo cuanto dejó al morir, es decir, la historia de su isla.»

II

15 de abril

«Ahora estamos instalados en una casa de habitaciones de alquiler en Clock Lane, una bocacalle de Long Acre. El nombre que he dado es el de señora Cruso, téngalo en cuenta. Mi habitación está en el segundo piso. Viernes dispone de una cama en el sótano adonde le bajo las comidas. Por nada del mundo le habría abandonado en la isla. Una gran ciudad, no obstante, no es sitio para él. Su aturdimiento y su zozobra cuando le llevaba por las calles de Londres el sábado pasado me llegaron al corazón.

»El importe de nuestro alquiler asciende a cinco chelines a la semana. Cualquier cosa que pueda enviar, se la agradeceré.

»He puesto por escrito la historia del tiempo que pasamos en la isla lo mejor que he podido, y se la adjunto con la presente. Es una historia triste y desmayada —el relato en sí, no el tiempo vivido—, "al día siguiente", repite su estribillo, "al día siguiente… al día siguiente", pero usted sabrá darle la forma adecuada.

»Se preguntará por qué le escogí a usted, cuando hace tan solo una semana ni siquiera sabía su nombre. Reconozco que la primera vez que le vi pensé que sería usted abogado o alguien de la Bolsa. Pero, luego, otro sirviente de la casa me dijo que era usted el señor Foe, el autor que tantísimas confesiones había escuchado y hombre de la mayor discreción. Estaba lloviendo, ¿se acuerda?; usted se detuvo un momento en el escalón de la entrada para abrocharse la capa, y yo salí también y cerré la puerta tras de mí.

»–Señor, si me permite usted el atrevimiento... –le dije. Esas fueron exactamente mis palabras, mis atrevidas palabras. Usted me miró de arriba abajo, pero no contestó, y yo pensé para mí: ¿Qué arte será ese de oír confesiones? También la araña que observa y espera lo posee en grado sumo–. Si puede concederme un instante de su tiempo... Estoy buscando un trabajo distinto.

»–Todos buscamos un trabajo distinto –me contestó usted.

»–Pero yo tengo además un hombre que mantener, un hombre negro, que nunca podrá encontrar ningún empleo, porque no tiene lengua –añadí–. Confiaba en que usted tuviera un puesto para mí, y para él también, en su casa. –Mi pelo estaba ya por entonces completamente empapado, no tenía siquiera ni un chal que ponerme. La lluvia chorreaba por el ala de su sombrero–. Aquí tengo trabajo, pero estoy acostumbrada a cosas mejores –proseguí–. Usted nunca habrá oído una historia como la mía. Acabo de regresar de lejanas tierras. Naufragué y fui a parar a una isla desierta. Y en ella fui compañera de un hombre singular. –Sonreí, pero no dirigiéndome a usted, sino por lo que iba a decir a continuación–. Señor Foe, yo soy la viva imagen de la fortuna. De esa fortuna venturosa que siempre estamos esperando.

»Fueron insolentes mis palabras? ¿Fui insolente al sonreír? ¿Fue mi insolencia, después de todo, lo que despertó su interés?»

20 de abril

«Gracias por sus tres guineas. Le he comprado a Viernes un justillo de carretero, de lana, y unas medias también de lana. Si tiene usted alguna muda que le sobre, será igualmente muy bien recibida. Él se pone sin rechistar toda la ropa que le doy, pero sigue negándose a llevar zapatos.

»¿No nos podría dar alojamiento en su casa? ¿Por qué quiere mantenerme alejada de usted? ¿No podría tomarnos a su servicio, a mí como doncella de confianza, y a Viernes como jardinero?

»Subo la escalera –la casa es alta, alta y airosa, con largos tramos de escaleras– y llamo a la puerta. Usted está sentado ante su escritorio dándome la espalda, con una manta sobre las rodillas y pantuflas en sus pies, y mira por la ventana los campos circundantes, pensativo, dándose golpecitos en el mentón con la pluma, esperando que deje la bandeja encima de la mesa y me retire. La bandeja lleva un vaso de agua caliente, en el que le he exprimido unas gotas de limón, y dos rebanadas de pan tostado con mantequilla. Es lo que usted llama su primer desayuno.

»La habitación tiene bien pocos muebles. A decir verdad, ni siquiera es una habitación, sino un ala del desván adonde usted se retira en busca de silencio. La mesa y la silla se alzan sobre una plataforma de madera delante de la ventana. Una hilera de tablones, a modo de pasadizo, conduce de la puerta del desván a dicha plataforma. El entarimado del techo, que es mejor no pisar, pues entraña cierto peligro, las vigas y, por encima de la cabeza, la cubierta de tejas grises completan el conjunto. Una espesa capa de polvo cubre el suelo; cuando el viento sopla con fuerza bajo el alero, el polvo se agita en remolinos y de los rincones se escapan sonidos lastimeros. Y hay ratones también. Antes de bajar ha de guardar sus papeles en sitio seguro para que estén a salvo de los ratones. Por las mañanas quita con una escobilla los excrementos de ratón que encuentra sobre la mesa.

»El cristal de la ventana está ligeramente ondulado. Con un movimiento de cabeza puede hacer que esa ondulación se proyecte sobre las vacas que pastan en los prados, las tierras de labor que se extienden a lo lejos, la hilera de chopos y el cielo mismo.

»Le imagino a usted como el timonel que pilota la gran nave de la casa, surcando las noches y los días, siempre avizor a los barruntos de la tempestad.

»Sus papeles se guardan en un arcón al lado de la mesa. A medida que usted la vaya escribiendo, la historia de la isla de Cruso pasará, página a página, a engrosar esa pila de papeles de la más diversa índole: un censo de los mendigos de Londres, actas de defunción de la época de la gran plaga, relatos de viajes por los condados fronterizos, informes de extrañas e inquietantes apariciones, libros de registro del comercio de la lana, un memorial de la vida y opiniones de cierto Dickory Cronke (¿de quién se trata?), así como también libros de travesías al Nuevo Mundo, memorias de cautividades en tierra de moros, crónicas de las guerras de los Países Bajos, confesiones de notables infractores de la ley, y un sinfín de historias de náufragos, la mayoría, como si las viera, plagadas de mentiras.

»Cuando me encontraba en la isla mi único anhelo era hallarme en otro lugar cualquiera, o dicho sea con mis palabras de entonces, que me salvaran. Pero ahora me invade una añoranza que nunca pensé que llegara a sentir. Cierro los ojos y mi alma me dice adiós, y remontándose por encima de casas y calles, bosques y prados, retorna en su vuelo a nuestro hogar de antaño, a aquel hogar de Cruso y mío. Después de tanto como le he hablado del tedio de nuestra vida allí le será difícil entender esta nostalgia. Tal vez debería haber escrito más sobre el placer que sentía al andar descalza por la arena fresca del campamento, y de los pájaros, aquella infinita variedad de pajarillos cuyos nombres exactos nunca llegué a saber y que, a falta de otro mejor, yo siempre llamé gorriones. Pero ¿quién sino el propio Cruso, que ya no existe, podría contarle la verdadera historia de Cruso? Debería haberle contado menos cosas de él y más de mí misma. Valgan unos ejemplos: ¿cómo se produjo la desaparición de mi hija y cómo, en su busca, fui a parar a Bahía? ¿Cómo pude sobrevivir rodeada de extraños aquellos dos años interminables? ¿Viví todo el tiempo en una habitación alquilada, como le he dicho? ¿Era Bahía una isla en el océano de la selva brasileña, y mi habitación una isla solitaria en el corazón de Bahía? ¿Quién era aquel capitán condenado por el destino a flotar eternamente a la deriva, en su mortaja de hielo, por los remotos mares del Sur? De la isla de Cruso no traje conmigo ni una pluma, ni un dedal de arena tan siquiera. Las sandalias son lo único que me queda. Cuando me paro a pensar en mi historia se me antoja que mi papel es el de aquel que llega, levanta acta de testigo, y todo lo que desea es volver a irse cuanto antes: un ser sin entidad propia, un fantasma al lado de un Cruso de carne y hueso. ¿Es ese, acaso, el destino de todo narrador? Y, sin embargo, yo, al igual que Cruso, también tenía un cuerpo. Comía y bebía, me despertaba y me dormía, tenía deseos. La isla era de Cruso —¿y con qué derecho, si pudiera saberse?, ¿en virtud de alguna ley que rige las islas?, ¿existe acaso tal ley?–, pero yo vivía allí también, no era una simple ave de paso, uno de esos alcatraces o albatros que dan una vuelta a la isla rozando apenas las olas con su aleteo y reanudan su vuelo sobre el océano sin límites. Señor Foe, hágame recobrar el ser que he perdido: esta es mi súplica. Pues aunque mi historia cuente la verdad, no da testimonio de la verdad esencial; esto es algo que veo con tal claridad que no es preciso que finjamos lo contrario. Para contar la verdad en su más pura expresión se requiere tranquilidad, y una silla confortable lejos de toda distracción, y una ventana por la que mirar al exterior; y luego esa facultad para ver olas cuando lo que se tiene delante son campos, y de sentir el sol de los trópicos cuando lo que hace es frío; y en la yema de los dedos las palabras precisas para aprehender la visión antes de que se desvanezca. Yo no tengo ninguna de estas cosas, usted, en cambio, las posee todas.»

21 de abril

«Tal vez le pareciera que en mi carta de ayer me burlaba del arte de escribir. Le ruego que me perdone, era injusta. Créame, cuando pienso en usted y le veo en su desván afanándose por dar vida a todos esos bandoleros, cortesanas y granaderos suyos, hay veces en que un sentimiento de lástima me atenaza el corazón y mi único anhelo entonces es poder serle de alguna utilidad. Le imagino —perdóneme la comparación— como una bestia de carga, y a su casa como un pesado carromato del que está condenado a tirar, un furgón lleno de mesas, sillas y armarios, y encaramados en lo alto de todo una esposa —¡ni siquiera sé si tiene esposa!—, hijos desagradecidos, sirvientes ociosos, perros y gatos, todos devorando sus víveres, quemando su carbón, bostezando y riendo, indiferentes a su dura tarea. Por la mañana temprano, en el calor de mi lecho, me parece oír cómo arrastra los pies cuando, enfundado en una manta de viaje, sube trabajosamente la escalera que lleva a su desván. Se sienta, su respiración es jadeante, enciende la lámpara, se restriega los ojos soñolientos y a tientas vuelve sobre sus pasos a donde quedó la noche anterior, a través del frío y de la oscuridad, bajo la lluvia, remontándose sobre campos en donde las ovejas pacen en apretado rebaño, sobre bosques, saltando al otro lado del mar, a Flandes o a dondequiera que sus capitanes y granaderos deban ahora empezar a desperezarse y a afrontar un nuevo día de sus vidas, mientras desde los rincones del desván los ratones clavan en usted su mirada y se tiran nerviosos de los bigotes. Aunque sea domingo el trabajo prosigue, como si regimientos enteros de infantería fueran a hundirse en un sueño eterno si, día tras día, usted no los despertara y les hiciera entrar en acción. Transido de frío, envuelto en bufandas, sonándose la nariz, tosiendo, escupiendo, prosigue lenta y penosamente con su tarea. A veces está tan fatigado que la luz del candil parece bailar ante sus ojos. Deja caer la cabeza sobre los brazos y un instante después ya está dormido, mientras la pluma se desprende de sus dedos y traza en el papel una raya negra. Su boca se abre abotargada, ronca ligeramente, huele usted —me habrá de perdonar por segunda vez— a hombre ya anciano. ¡Cómo desearía que estuviera en mi mano el ayudarle, señor Foe! Cierro los ojos, hago acopio de fuerzas y le mando una visión de la isla para que cuelgue desplegada ante usted como si fuese real, con sus pájaros y pulgas y peces de todos los colores, y sus lagartos tostándose al sol y chasqueando sus negras lenguas, y las rocas cubiertas de percebes, y la lluvia tamborileando en el tejado, y el viento, aquel viento que nunca cesaba: para que la tenga delante y se inspire en ella siempre que le haga falta.»

25 de abril

«Usted me preguntaba cómo es que Cruso no había salvado ni un simple mosquete del naufragio; cómo era posible que un hombre que tanto miedo les tenía a los caníbales no hubiera puesto buen cuidado en dotarse de algún tipo de armamento.

»Cruso nunca me indicó el lugar exacto en que se encontraba el casco del buque hundido, pero tengo la convicción de que este se hallaba, y sigue hallándose, en el fondo de la gran fosa marina que se abre al pie de los acantilados en la vertiente norte de la isla. En el momento más álgido de la tempestad Cruso saltó por la borda acompañado por el joven Viernes y, tal vez, por algunos otros compañeros de tripulación; pero ellos dos, gracias a una gigantesca ola que los envolvió y los arrojó a la playa, fueron los únicos que se salvaron. Y ahora yo pregunto: ¿quién es capaz de mantener seca la pólvora en el seno de una ola? Y más aún: ¿por qué un hombre que ni siquiera tiene grandes esperanzas de salvar la vida va a poner tanto empeño en el salvamento de un mosquete? En cuanto a los caníbales, a pesar de todos los temores de Cruso, no estoy muy convencida de que haya caníbales en aquellos mares. Sé que va a decirme, y no le faltaría razón, que así como no esperamos ver a los tiburones danzar en la cresta de las olas, tampoco hemos de esperar encontrarnos a los caníbales bailoteando en la playa; que los caníbales pertenecen a la noche como los tiburones a las profundidades. Todo lo que puedo decirle es esto: he escrito lo que vi, y no vi ningún caníbal; y si llegaron, tal vez, después de que anocheciera y levantaron el campo antes de que despuntase el alba, lo cierto es que no dejaron el menor rastro de sus pisadas.

»Ayer por la noche soñé con la muerte de Cruso, y cuando desperté las lágrimas resbalaban por mis mejillas. Seguí largo rato acostada sin que cediera el dolor que oprimía mi pecho. Después bajé al jardincillo que tenemos aquí, en una bocacalle de Clock Lane. Aún no era de día; el cielo estaba despejado. Bajo estas mismas estrellas, pensé, flota la isla en la que vivimos; y en esa isla hay una choza, y dentro de la choza un mullido lecho de hierba que tal vez guarde aún, más desdibujada cada día que pasa, la huella de mi cuerpo. Día tras día el viento picotea la techumbre y la maleza va invadiendo las terrazas. De aquí a un año, a diez años, lo único que quedará para señalar el lugar donde se alzaba la choza será un círculo de estacas clavadas en el suelo, y de las terrazas no quedarán más que los muros. Y al verlas habrá quien diga: "Estos son muros levantados por los caníbales, las ruinas de una ciudad caníbal, y datan de la edad de oro de los caníbales". Pues, ¿quién va a creer que fueron construidos por un solo hombre ayudado por un esclavo, con la vana esperanza de que algún día llegara un navegante con un saco de semillas para poder sembrar?

»Hacía usted la observación de que si Cruso, además de un mosquete, pólvora y balas, hubiera salvado también una caja de útiles de carpintero, tanto mejor, pues de esa forma se podría haber construido un bote. No quiero parecer capciosa, pero aquella isla que habitábamos era azotada de tal modo por los vientos que no crecía árbol en ella que no tuviese el tronco retorcido y combado. Podríamos haber construido una balsa, eso sí, muy rudimentaria, pero balsa al fin y al cabo, pero un bote jamás.

»Se interesaba usted también por las prendas hechas con pieles de mono que llevaba Cruso. Por desgracia, unos marineros ignorantes las cogieron de nuestro camarote y las tiraron todas al mar. Si lo desea le haré unos dibujos para que vea el aspecto que teníamos en la isla y cómo íbamos vestidos.

»El blusón y los pantalones de marinero que yo llevé a bordo se los he dado a Viernes. Los ha sumado a su justillo y al capote de vigía. Su sótano tiene una puerta que da al patio, es libre pues de salir a pasear cuando guste. Pero el exterior le inspira tanto miedo que no sale más que muy rara vez. Qué hace para matar el tiempo es algo que ignoro, pues todo lo que hay en el sótano es su catre, el cubo del carbón y unos cuantos muebles astillados.

»A pesar de todo, la noticia de que en Clock Lane vive un caníbal ha debido correr como reguero de pólvora, pues ayer mismo sorprendí a tres mozalbetes arrimados a la puerta del sótano espiando a Viernes. Les eché, pero luego se apostaron al otro extremo del callejón y empezaron a tararear una canción cuya letra decía lo siguiente: "Viernes, caníbal, ¿ya te has comido hoy la ración de tu mamá?".

»Viernes se está convirtiendo en un viejo prematuro, como esos perros que se pasan toda la vida encerrados bajo llave. Y también yo, al convivir con un anciano y compartir su lecho, me he ido haciendo vieja. Hay veces en que pienso en mí y me veo como una viuda. Si en el Brasil hubiera quedado una esposa abandonada, ella y yo seríamos ahora, en cierto modo, hermanas.

»El uso del lavadero me corresponde dos veces por semana, y estoy haciendo de Viernes un lavandero de pro; de lo contrario la ociosidad acabaría destruyéndole. Le planto delante de la pila vestido con su ropa de marinero, los pies siempre descalzos sobre el frío suelo, pues sigue negándose a llevar zapatos.

»—¡Mírame bien, Viernes! —le digo, me pongo a enjabonar unas enaguas (primero hay que enseñarle lo que es el jabón, en su vida anterior nunca hubo jabón, en la isla utilizábamos ceniza o arena) y las restriego contra la tabla de lavar—. ¡Ahora, Viernes, hazlo tú! —le digo, y me hago a un lado.

»"Mira" y "hazlo": estas son mis dos palabras mágicas con Viernes, y es asombroso lo mucho que consigo solo con ambas. De aquella libertad de la isla en donde podía pasarse todo el día paseando, cogiendo huevos de pájaro o pescando con su lanza cuando las terrazas no requerían su presencia, de aquello a esto, la caída es verdaderamente tremenda, lo sé. Pero ¿no es mejor, después de todo, aprender alguna tarea útil que pasarse todo el día tumbado en un sótano, solo, dando vueltas y más vueltas a quién sabe qué pensamientos?

»Cruso nunca quiso enseñarle porque, según decía, a Viernes no le hacían falta las palabras. Pero Cruso estaba en un error. Pues si hubiese sabido hacer a Viernes partícipe de sus propósitos e ideado algún medio por el cual Viernes pudiera haberle revelado también los suyos, bien valiéndose de gestos con las manos, por poner un ejemplo, o bien componiendo con guijarros formas que simbolizasen palabras, la vida en la isla, antes de mi llegada, hubiera resultado bastante menos tediosa. Y así Cruso habría podido hablarle a Viernes a su manera, y Viernes contestarle a la suya propia, y muchas horas de otro modo vacías hubieran pasado volando. Pues me resisto a creer que la vida que Viernes había llevado antes de caer en manos de Cruso, aun cuando no fuese más que un niño, estuviera tan completamente desprovista de todo interés. Daría cualquier cosa por saber cómo fue capturado realmente por los tratantes de esclavos y cómo perdió la lengua.

»Se ha convertido en un entusiasta devorador de harina de avena, y en un día engulle él solo tantas gachas como bastarían para alimentar a una docena de escoceses. De tanto comer y de estar siempre tumbado en la cama se está volviendo estúpido. Si le viera usted ahora, con esa barriga tirante como un tambor, con esas piernas de ave zancuda y ese aire lánguido y desmayado, le costaría trabajo creer que sea el mismo hombre que tan solo hace unos meses se erguía sobre las rocas en difícil equilibrio, salpicado por la espuma de las olas, dorados sus miembros por la luz del sol, lanza en ristre, pronto a ensartar un pez al instante siguiente.

»Mientras trabaja le voy enseñando los nombres de las cosas. Cojo una cuchara y le digo:

»—¡Viernes, cuchara! —Y le pongo la cuchara en la mano. Y luego repito—: ¡Cuchara! —Y tiendo la mano para que me la devuelva; de esa forma espero que con el tiempo la palabra "cuchara" resuene en su mente, quiéralo o no, cada vez que sus ojos se fijen en una.

»Lo que más temo es que, tras tantos años privado de habla, haya perdido hasta la noción misma de lo que es el lenguaje. Cuando cojo la cuchara que me tiende —¿y cómo saber si para él es realmente una cuchara o una cosa cualquiera?— y le digo "cuchara", ¿cómo puedo estar segura de que no piense que estoy parloteándome a mí misma como hacen las cotorras o los monos, por el mero placer de oír el ruido que hago y de sentir los movimientos de mi lengua, como él también solía hacer cuando tocaba su flauta? Y mientras que a un niño poco despierto siempre se le puede retorcer el brazo o tirar de las orejas hasta que al fin repita "cuchara" como se le ha ordenado, con Viernes, ¿qué puedo hacer?

»—¡Cuchara, Viernes! —le digo—. ¡Tenedor! ¡Cuchillo! —Pienso en la raíz de la lengua que se esconde tras esos gruesos labios como un sapo en un invierno sin fin, y siento escalofríos—. ¡Escoba, Viernes! —prosigo, hago ademán de barrer y le pongo la escoba entre las manos.

»O me llevo un libro al lavadero.

»—Viernes, esto es un libro —le digo—. En él hay una historia escrita por el renombrado señor Foe. Tú no conoces a este caballero, pero en este preciso instante él está ocupado escribiendo otra historia, tu propia historia, la de tu amo, y la mía. Aunque el señor Foe no te haya visto nunca, sabe de ti lo que yo le he contado valiéndome de palabras. Eso es parte de la magia de las palabras. Por medio de palabras le he dado al señor Foe datos tuyos y del señor Cruso, y del año que pasé en la isla, y también de los años que tú y el señor Cruso estuvisteis allí solos, en la medida, naturalmente, en que yo podía proporcionarle estos últimos; y con todos esos datos el señor Foe está tejiendo una historia que ha de hacerte famoso en todo el mundo, y rico por añadidura. Ya no tendrás que seguir viviendo en un sótano. Tendrás dinero para pagarte el pasaje de regreso a África o al Brasil, adonde prefieras, y volver cargado de valiosos regalos, y reunirte con tus padres, si aún se acuerdan de ti, y finalmente casarte, y tener hijos e hijas, descendencia en suma. Y yo te daré el ejemplar de nuestro libro que te corresponde, encuadernado en piel, para que lo lleves contigo. Y te enseñaré a rastrear tu nombre en él, página a página, para que tus hijos vean que su padre es famoso en todos los países del mundo en donde se leen libros. ¿Verdad, Viernes, que escribir es hermoso? ¿No te llena de alegría saber que, en cierto modo, vas a vivir eternamente?

»Tras este preámbulo, abro el libro en cuestión y le leo a Viernes.

»—Esta es la historia de la señora Veal, uno de tantos humildes personajes a los que el señor Foe ha hecho famosos en el transcurso de su carrera de escritor —le aclaro—. Por desgracia, nunca conoceremos a la señora Veal, pues ya ha fallecido; y en cuanto a su amiga, la señora Barfield, vive en Canterbury, una ciudad situada a cierta distancia de aquí, al sur de esta isla donde ahora nos encontramos y que se llama Gran Bretaña, y dudo que vayamos allí alguna vez.

»Mientras parloteo, Viernes sigue afanándose con la tabla de lavar. No espero el menor signo de que me haya entendido. Me basta con la esperanza de que si consigo que el aire que le rodea se adense de palabras, llegará un momento en que todos aquellos recuerdos que murieron bajo la férula de Cruso se reavivarán en su interior, y con ellos se abrirá paso la evidencia de que vivir en silencio es vivir como las ballenas, esos enormes castillos de carne que flotan a leguas de distancia unas de otras, o como las arañas, que se sientan solas en el corazón de esa tela que constituye para ellas todo su mundo. Puede que Viernes haya perdido la lengua, pero lo que no ha perdido, me digo a mí misma, son las orejas. Y por medio del oído Viernes aún puede hacer suya toda esa riqueza almacenada en forma de historias, y aprender de ese modo que el mundo, a diferencia de lo que la isla parecía enseñarle, no es un lugar tan yermo ni tan silencioso. ¿No cree usted que sea ese el significado oculto de la palabra historia: un lugar donde se almacenan los recuerdos?

»Veo cómo se contraen los dedos de sus pies al andar sobre suelos de madera o de adoquines, y me doy cuenta de lo mucho que debe añorar la blandura de la tierra bajo sus plantas. ¡Ojalá hubiera por aquí cerca un jardín al que pudiera llevarle a pasear! ¿No podríamos visitar el suyo, en Stoke Newington? Le aseguro que nos estaríamos callados como muertos. "Viernes, ¡la pala!", le diría en un susurro, tendiéndole la pala para que la cogiera; y luego añadiría "¡Cava!", una de las pocas palabras que su amo le enseñó. "Remueve bien la tierra, y haz un montón con los rastrojos para quemarlos. Coge bien la pala. ¿Verdad que es una herramienta hermosa y de bordes bien afilados? Es una pala inglesa, forjada en una herrería inglesa."

»Así pues, observando cómo agarra la pala con las manos, mirándole a los ojos, trato de atisbar el primer indicio de que va comprendiendo lo que me propongo: que no es que limpie de hierbajos los macizos de flores —estoy segura de que usted ya tiene jardinero—, ni salvarle de la ociosidad tan siquiera, o sacarle de su sótano húmedo y malsano velando por su salud, sino tender un puente de palabras que, cuando sea ya lo bastante firme, él pueda atravesar para remontarse al tiempo anterior a Cruso, a ese tiempo en que aún tenía lengua y vivía inmerso en una barahúnda de palabras con la misma naturalidad que el pez en el agua; y de donde, paso a paso y en la medida de sus posibilidades, pueda regresar a este otro mundo también de palabras en el que usted, señor Foe, yo, y otras gentes vivimos.

»O saco sus tijeras de podar y le enseño cómo se manejan. "Aquí, en Inglaterra —le digo—, acostumbramos a plantar setos para marcar los límites de nuestra propiedad. Desde luego, tal cosa no sería posible en las selvas de África. Pero aquí plantamos setos y los cortamos en línea recta para que nuestros jardines queden claramente delimitados." Y doy tijeretazos al seto hasta que veo que Viernes ha entendido lo que estoy haciendo:

no abrir un pasadizo en el seto, ni talarlo, evidentemente, sino podarlo en línea recta por un lado. "Ahora, Viernes, coge las tijeras –le digo–, ¡y poda!" Y Viernes coge las tijeras de podar y empieza a recortarlo en una línea perfecta, como sé que es capaz de hacer, pues a la hora de cavar zanjas no tiene rival.

»Yo a mí misma me digo que hablo a Viernes para liberarle mediante la educación de la oscuridad y del silencio. Pero ¿es eso verdad? Hay ocasiones en que mi buena disposición me abandona y uso las palabras solo como el medio más rápido de someterle a mi voluntad. A veces entiendo por qué Cruso prefería no alterar su mutismo. Es decir, entiendo por qué un hombre decide tener esclavos. ¿Tendrá peor concepto de mí tras esta confesión?»

28 de abril

«Me han devuelto mi carta del veinticinco de este mes sin abrir. Rezo porque no sea más que un error. Vuelvo a enviársela junto con estas líneas.»

1 de mayo

«He hecho una visita a Stoke Newington y me he encontrado con que los alguaciles han ocupado su casa. Es cruel decirlo, pero casi me eché a reír cuando descubrí que era esa la razón de su silencio, y no que hubiéramos dejado de interesarle o que nos haya vuelto la espalda. Pero ahora he de preguntarme: ¿Adónde debo mandarle mis cartas? ¿Va a seguir escribiendo nuestra historia mientras permanezca escondido? ¿Seguirá costeando nuestra manutención? ¿Somos Viernes y yo los únicos personajes a los que tiene instalados en casas de alquiler mientras escribe sus historias, o hay muchos más como nosotros repartidos por todo Londres: antiguos combatientes de las guerras de Italia, amantes repudiadas, salteadores de caminos arrepentidos y prósperos ladrones? ¿Cómo va a vivir mientras esté escondido? ¿Tiene alguna mujer que le haga la comida y le lave la ropa blanca? ¿Son de fiar sus vecinos? No olvide que los alguaciles tienen espías por todas partes. Desconfíe de las tabernas. Y si se ve en apuros, véngase a Clock Lane.»

8 de mayo

«He de confesarle que la semana pasada fui dos veces a su casa con la esperanza de tener alguna noticia suya. No se enfade. No le dije a la señora Thrush quién era. Solo le dije que tenía ciertos mensajes para usted, mensajes de la máxima importancia. En mi primera visita la señora Thrush me dio a entender lisa y llanamente que no me creía. Pero luego mi franqueza ha acabado granjeándome su confianza. Aceptó mis cartas y me prometió que las pondría a buen recaudo, lo que interpreté como una forma de decirme que las haría llegar hasta usted. ¿Estoy en lo cierto? ¿Las ha recibido ya? Confidencialmente me dijo que estaba sumamente preocupada por su patrimonio y que no ve el momento de que se marchen los alguaciles.

»Los alguaciles, por su parte, se han instalado en su biblioteca. Uno de ellos duerme en el sofá y el otro, según parece, en dos sillones que junta a tal efecto. Hacen que les traigan las comidas del King's Arms. Aseguran que están dispuestos a esperar un mes, dos meses, un año incluso si es preciso, con tal de cumplir el mandamiento judicial. Un mes puedo creerlo, pero un año desde luego que no; no saben lo largo que puede hacerse todo un año. Uno de ellos, un individuo odioso que se llama Wilkes, fue quien me abrió la puerta la segunda vez. Él se piensa que llevo y traigo mensajes entre usted y la señora Thrush. Me abordó en la puerta cuando ya me iba y empezó a hablarme de la Armada, de tantos hombres como han consumido su vida en ella, repudiados por sus propias familias, verdaderos náufragos en el mismísimo corazón de la ciudad. Señor Foe, si le detienen y le envían forzoso a la Armada, ¿quién podrá hacer algo por usted? Yo pensaba que usted tenía esposa, pero la señora Thrush me dice que es usted viudo desde hace ya muchos años.

»Su biblioteca apesta a humo de pipa. La puerta del gabinete principal está rota y ni siquiera se han molestado en barrer los cristales. La señora Thrush asegura que Wilkes y su compinche pasaron la noche de ayer en compañía de una mujer.

»Regreso a Clock Lane muy baja de ánimos. Hay veces en que me siento con fuerzas ilimitadas y entonces podría cargar a mis espaldas con usted y todas sus tribulaciones, y con los alguaciles si es preciso, y con Viernes, y con Cruso, y con la isla entera. Pero otras veces me invade tal sensación de cansancio que lo único que deseo es verme transportada a una nueva vida en alguna ciudad remota en la que nunca vuelva a oír pronunciar su nombre ni el de Cruso. ¿No podría darse más prisa con su libro, señor Foe, para que Viernes pueda regresar a África lo antes posible y yo me vea liberada de esta gris existencia que arrastro? Esconderse de los alguaciles debe, sin duda, resultar tedioso, ¿qué mejor manera de pasar el tiempo, pues, que escribiendo? La memoria que le redacté la escribí sentada en la cama, apoyando el papel en una bandeja que tenía sobre mis rodillas, con el alma siempre en vilo por temor a que Viernes se escapase del sótano en el que estaba confinado, o se fuese a dar un paseo y se perdiese en el dédalo de callejuelas y laberintos de Covent Garden. Y, aun así, terminé aquella memoria en solo tres días. Muchos más riesgos ofrece la historia que está usted escribiendo ahora, lo admito, pues no solo ha de contar la verdad acerca de nosotros, sino complacer asimismo a sus lectores. No obstante, ¿podrá no olvidarse de que mientras su libro no esté terminado mi vida pende de un hilo?»

19 de mayo

«Pasan los días y sigo sin recibir una sola línea suya. Una mata de dientes de león –las únicas flores que tenemos aquí en Clock Lane– ha empezado a trepar por el muro bajo mi ventana. A mediodía en la habitación hace un calor sofocante. Si llega el verano y sigo aquí confinada creo que me acabaré asfixiando. ¡Cuánto echo de menos el placer de salir a pasear con mis enaguas por toda vestimenta, como hacía en la isla!

»Ya hemos gastado las tres guineas que nos envió. La ropa de Viernes supuso un gran desembolso. Aún debemos el alquiler de esta semana. Cuando bajo a cocinar nuestra mísera cena de guisante con sal siento verdadera vergüenza.

»Pero ¿a quién estoy escribiendo? Emborrono las hojas y las tiro por la ventana. ¡Que las lea el primero que pase!»

«La casa de Newington está cerrada a cal y canto, la señora Thrush y los sirvientes han desaparecido. Cuando pronuncio su nombre, los vecinos callan como muertos. ¿Qué ha sucedido? ¿Han dado con usted los alguaciles? ¿Le será posible seguir escribiendo en prisión?»

29 de mayo

«Hemos tomado su casa por residencia y desde ella le escribo. ¿Le sorprende oír esto? Empezaba a haber telarañas por encima de las ventanas, pero ya las hemos quitado con la escoba. No tocaremos nada. Cuando regrese nos desvaneceremos como fantasmas, sin exhalar una queja.

»Me siento en su mesa y miro por su ventana. Escribo con su pluma en su papel, y las hojas ya escritas las voy guardando en su arcón. Aunque usted no esté, su vida sigue siendo vivida como siempre.

»Lo único que me falta es luz. No queda una sola vela en toda la casa. Tal vez sea una bendición después de todo. Dado que tenemos las cortinas siempre echadas por precaución, nos iremos acostumbrando a vivir de día en penumbra, y de noche en la más completa oscuridad.

»Nada es exactamente como me lo había imaginado. Lo que pensé que sería su mesa de escribir no es ni siquiera una mesa, sino un modesto escritorio. La ventana no se abre sobre bosques y prados, sino sobre el jardín. El cristal no tiene ninguna ondulación. El arcón, más que un arcón es una valija de correo. Pero todo queda a mano. ¿No le llama la atención tanto como a mí la relación que guardan las cosas tal como son en la realidad y la imagen que de ellas nos hayamos podido formar?»

«Viernes y yo hemos salido a explorar su jardín. Los macizos de flores están invadidos por la maleza, pero las zanahorias y las judías crecen bien. Mañana haré que Viernes se ponga a trabajar y lo limpie de hierbas.

»Vivimos aquí como si fuéramos sus parientes más pobres. Su mejor ropa de cama está sin tocar; nos servimos en los platos de la servidumbre. Imagíneme como la sobrina de algún primo segundo suyo venido a menos, a la que usted no está obligado más que por el más estricto compromiso.

»Rezo porque no haya dado el paso fatal de embarcarse para las colonias. Lo que más me aterra es que en el Atlántico una tempestad estrelle su barco contra alguna roca que no venga en las cartas de navegación y le arroje a una isla desierta.

»Le confesaré que en Clock Lane hubo un tiempo en que llegué a sentir hacia usted un enorme rencor. Nos ha borrado de su mente —me dije entonces—, con la misma facilidad que si fuésemos dos de esos granaderos de Flandes suyos, olvidando que mientras que los granaderos se quedan dormidos como por ensalmo cuando usted se ausenta, Viernes y yo seguimos comiendo, bebiendo y pasando penalidades. Me parecía que no me quedaba otra alternativa que echarme a la calle a mendigar, robar, o algo aún peor todavía. Pero ahora que estamos en su casa la paz se ha hecho de nuevo. La razón exacta la ignoro, pero su casa —en la que hasta el mes pasado nunca había puesto los ojos— me inspira los mismos sentimientos que inspira la casa en la que se ha nacido. Todos sus rincones y grietas, hasta los más recónditos vericuetos del jardín, me resultan tan familiares que parece como si en una infancia ya olvidada hubiera corrido por ellos jugando al escondite.»

«¡Qué parte tan grande de mi vida ha consistido siempre en esperar! En Bahía poca cosa hice salvo esperar, aunque a veces ni siquiera yo misma sabía lo que estaba esperando. En la isla esperé todo el tiempo que alguien llegara a rescatarme. Aquí espero a que usted aparezca, o a que el libro que me ha de liberar para siempre de Cruso y de Viernes esté por fin concluido.

»Esta mañana me senté en su escritorio —ahora, por la tarde, sigo sentada ante el mismo escritorio, llevo todo el día aquí sentada—, cogí una hoja de papel en blanco, mojé la pluma en tinta —su pluma, su tinta, lo sé, pero es como si al escribir su pluma fuera haciéndose mía, como si brotara de mi propia mano— y escribí este encabezamiento: "La Mujer Náufrago. Relato Verídico de un Año Transcurrido en una Isla Desierta. Con Muchas y Extrañas Circunstancias Nunca Narradas Hasta la Fecha". Después hice una lista de todas las extrañas circunstancias de aquel año que pude recordar: el motín y el asesinato a bordo del navío portugués, el "castillo" de Cruso, el propio Cruso en persona con su melena aleonada y vestido con aquellas pieles de mono, su silencioso esclavo Viernes, las vastas y yermas terrazas que ambos habían construido, y aquella espantosa tormenta que arrancó de cuajo el tejado de nuestra choza y dejó plagadas las playas de peces muertos. Asaltada por la duda, me pregunté: ¿Son ya bastantes circunstancias extrañas para componer un relato? ¿Qué tiempo queda antes de que me vea obligada a inventar nuevas y aún más extrañas circunstancias: el salvamento de herramientas y mosquetes del barco de Cruso; la construcción de un bote, o de una piragua al menos, y la aventura de llegar hasta el continente; el desembarco de caníbales en la isla, seguido de una escaramuza y de innumerables muertes sangrientas; y, finalmente, la llegada de un extranjero de cabellos rubios como el oro con un saco de grano para plantar las terrazas. ¡Dios mío! ¿Cuándo llegará el día en que se pueda contar una historia desprovista de extrañas circunstancias?

»Y luego viene la cuestión de la lengua de Viernes. En la isla, de la misma forma que me hice a la idea de que nunca llegaría a saber cómo habían cruzado el mar los monos, di igualmente por sentado que tampoco llegaría nunca a saber cómo había perdido Viernes la lengua. Pero en la vida aceptamos cosas que en la ficción juzgaríamos inaceptables. Contar mi historia y callar en lo que se refiere a la lengua de Viernes es como sacar a la venta un libro con unas cuantas páginas dejadas intencionadamente en blanco. ¡Y, sin embargo, la única lengua que podría contar el secreto de Viernes es precisamente la lengua que él ha perdido!

»Así pues, esta mañana hice dos dibujos. Uno mostraba la figura de un hombre vestido con un justillo, calzones y un sombrero en forma de cono, con gran barba y bigotes que salían disparados en todas direcciones y grandes ojos gatunos. Arrodillada ante él aparecía la figura de otro hombre, negro, que, a no ser por unos calzones, iba completamente desnudo, y con las manos a la espalda; las manos las tenía atadas, pero esto no se veía. Con la mano izquierda la figura de los mostachos agarraba la lengua temblorosa del otro personaje; en la derecha empuñaba un cuchillo.

»Del segundo dibujo le hablaré dentro de un momento.

»Bajé con mis bocetos al jardín para enseñárselos a Viernes.

»—Viernes, vas a mirar estos dibujos atentamente —le dije— y decirme cuál de los dos es la verdad. —Le puse delante el primer dibujo–. El amo Cruso –le dije, señalándole la figura de los grandes mostachos–. Y este es Viernes –añadí, señalando la figura que estaba de rodillas–. Cuchillo –proseguí, señalándole el cuchillo–. ¿Fue Cruso el que le cortó la lengua a Viernes? –le pregunté y, sacando mi propia lengua hice gestos de cortármela–. ¿Es esa la verdad, Viernes? –insistí, mirándole fijamente a los ojos–. ¿Fue el amo Cruso quien te cortó la lengua?

»(Quizá Viernes no conozca siquiera el significado de la palabra "verdad", reflexioné; sin embargo, si mi dibujo despertara en él algún eco de esa verdad una nube hubiera cruzado sin duda por su mirada; pues, ¿no se llama con toda propiedad a los ojos el espejo del alma?)

»Pero ya mientras le preguntaba empecé a tener mis dudas. Pues si algo hubiera turbado la mirada de Viernes, ¿no habría sido más bien por verme salir de la casa a grandes zancadas para mostrarle unos dibujos, cosa que nunca antes había hecho? ¿No podría ser el dibujo mismo la causa de su confusión? (Pues al mirarlo de nuevo atentamente, he de reconocer con todo el dolor de mi corazón que también podría interpretarse como que Cruso, en el papel de padre benefactor, le metía al niño Viernes un trozo de pescado en la boca.) ¿Y cómo habría interpretado mi gesto de sacarle la lengua? ¿Quién nos dice que para los caníbales de África sacar la lengua no tenga el mismo significado que para nosotros tiene ofrecer los labios? Si una mujer le sacara a usted la lengua y usted no tuviera lengua con qué responder, ¿no se pondría rojo como la grana de vergüenza?

»Le puse delante mi segundo dibujo. También aquí aparecía la figura del pequeño Viernes con los brazos atados a la espalda y la boca abierta de par en par; pero en esta versión el hombre del cuchillo era un tratante de esclavos, un hombre negro y alto vestido con una chilaba, y el cuchillo tenía forma de hoz. Detrás del moro se mecían al viento las palmeras de África.

»–Tratante de esclavos –le dije, señalándole al hombre–. Hombre que captura muchachos jóvenes y los vende como esclavos. ¿Fueron los tratantes de esclavos quienes te cortaron la lengua, Viernes? ¿Fueron los tratantes de esclavos o fue el amo Cruso?

»Pero la mirada de Viernes seguía tan inexpresiva como siempre, y yo empecé a sentirme desmoralizada. Después de todo, ¿cómo vamos a saber si no perdió la lengua a la edad en la que los judíos circuncidan a sus hijos varones?; y de ser así, ¿cómo iba a acordarse de la pérdida? ¿Quién nos puede asegurar que no existan en África tribus enteras en las que los hombres sean mudos y en las que el lenguaje es patrimonio exclusivo de las mujeres? ¿Por qué no podría ser así? El mundo es siempre mucho más variado de lo que estamos dispuestos a admitir; esa es una de las lecciones que Bahía me enseñó. ¿Por qué no podrían existir tales tribus, y procrear, prosperar, y vivir contentas y felices?

»Y si, después de todo, había sido un negrero, un moro tratante de esclavos, armado con un cuchillo curvo, ¿se parecería en algo el de mi dibujo al moro que Viernes recordaba? ¿Es que todos los moros son altos y llevan todos chilabas blancas? Tal vez el moro dio la orden de cortarles la lengua a los cautivos a un esclavo de su confianza, a algún esclavo negro, arrugado y marchito, que no llevaba más que un taparrabos. "¿Es esta la fiel representación del hombre que te cortó la lengua?", ¿no sería eso lo que Viernes, en su fuero interno, pensaría que yo le estaba preguntando? Y si así era, ¿qué otra cosa podía responder sino: "No"? Y aun en el caso de que, en efecto, hubiera sido un moro el que le cortara la lengua, su moro probablemente habría sido unas cuantas pulgadas más alto o más bajo que el de mi dibujo; y habría ido de negro o de azul, y no de blanco precisamente; y con barba, y no con el rostro afeitado; y empuñaría un puñal recto y no curvo; y así todo lo demás.

»Así pues, allí mismo, delante de Viernes, fui rompiendo lentamente mis dibujos. Siguió un largo silencio. Por primera vez reparé en lo largos que eran los dedos de Viernes, que tenía doblados agarrando el mango de la pala.

»—¡Ay, Viernes! —exclamé—. El naufragio, como también la miseria, es un gran nivelador de las gentes, pero nosotros dos aún seguimos sin estar al mismo nivel. —Y entonces, aunque sabía que no iba a haber respuesta, ni podría haberla jamás, di rienda suelta a todo lo que encerraba mi corazón—. Me estoy dejando la vida en ti, Viernes, en ti y en tu estúpida historia. No quiero herirte, pero es la pura verdad. Cuando sea vieja y mire hacia atrás todo esto me parecerá una terrible pérdida de tiempo, una época marcada solo por los estragos del tiempo. ¿Qué hacemos aquí tú y yo, en medio de todos estos sobrios burgueses de Newington, esperando a un hombre que nunca va a volver?

»Si Viernes hubiera sido alguien distinto, hubiese querido que me estrechase en sus brazos y me confortara, pues pocas veces me había sentido tan desgraciada. Pero Viernes siguió inmóvil como una estatua. No me cabe la menor duda de que las simpatías humanas conmueven a los africanos de idéntico modo a como nos conmueven a nosotros. Pero todos aquellos años tan contrarios a la naturaleza que Viernes había pasado junto a Cruso habían hecho un erial de su corazón, y le habían vuelto frío e insensible, como un animal completamente replegado sobre sí mismo.»

1 de junio

«Durante el reinado de los alguaciles, como bien podrá usted comprender, los vecinos evitaban su casa. Pero hoy se ha presentado un caballero, que dijo ser un tal señor Summers. Juzgué prudente decirle que yo era la nueva ama de llaves y Viernes el jardinero. Creo que fui lo bastante buena actriz como para convencerle de que no éramos gitanos que hubiéramos entrado a la buena de Dios en una casa deshabitada y nos hubiéramos instalado en ella. Y como la casa, biblioteca incluida, está limpia y arreglada, y Viernes estaba trabajando en el jardín, la mentira no debió parecer excesiva.

»A veces me pregunto si no estará usted, en ese barrio de Londres en que se esconde, esperando impaciente la noticia de que los náufragos han levantado por fin el vuelo y ya es libre de volver a su casa cuando guste. ¿No tendrá espías que escudriñan por las ventanas para ver si seguimos ocupándola? ¿No pasará usted mismo a diario por delante de la casa con algún disfraz que le hace irreconocible? Y su escondite, ¿no se hallará en este mismísimo pueblo, tan soleado, y no en alguna callejuela trasera de Shoreditch o Whitechapel, como todos nos pensamos? ¿Pertenece el señor Summers al círculo de sus amistades? ¿Se ha instalado usted en su desván y mata allí el tiempo espiando con un catalejo la vida que llevamos? Si es así, desde luego no le costará trabajo creerme si le digo que nuestra vida aquí cada vez se diferencia menos de la vida que llevábamos en la isla de Cruso. A veces al despertar ni siquiera sé dónde me hallo. "El mundo está lleno de islas", dijo Cruso en cierta ocasión. Cada día que pasa sus palabras resuenan con mayor acento de verdad.

»Sigo escribiendo mis cartas, las sello y las echo al buzón. Un día, cuando nos hayamos ido, usted las sacará y les dará un vistazo. "Con Cruso y Viernes solos todo hubiera ido mucho mejor —murmurará para sus adentros—. ¡Esa mujer no es más que un incordio!" Y, sin embargo, ¿qué sería de usted ahora sin esa mujer? ¿Piensa acaso que Cruso habría acudido a usted por decisión propia? ¿Habría usted imaginado a Cruso y a Viernes, y a la isla entera, con todas sus pulgas, monos y lagartos? Me temo que no. Muchas son las cualidades que como escritor le adornan, pero, desde luego, la inventiva no es una de ellas.»

«Una desconocida, una muchacha, ha estado vigilando la casa. Apostada al otro lado de la calle pasa allí horas y horas, sin hacer el más mínimo esfuerzo por ocultarse. Los transeúntes se paran y le hablan, pero ella no les hace caso. Mi pregunta es esta: ¿se trata de un nuevo espía de los alguaciles, o es usted el que la ha enviado para que nos vigile? A pesar de los calores estivales va con un capote gris con esclavina, y en la mano lleva una cesta.

»Hoy, cuarto día de su vigilia, salí a su encuentro.

»—Aquí tienes una carta para tus amos —le dije sin más preámbulos, y eché la carta dentro de la cesta.

»Se quedó mirándome sorprendida. Más tarde me encontré la carta echada por debajo de la puerta sin abrir. Yo la había dirigido al alguacil Wilkes. Si la muchacha estuviera al servicio de los alguaciles, me dije, no podría haberse negado a llevarles la carta. Hice, pues, un atadillo con todas las cartas que le he escrito a usted y salí a la calle por segunda vez.

»Era media tarde. Allí estaba ante mí, enfundada en su capote, rígida como una estatua.

»—Cuando veas al señor Foe, dáselas —le dije, le tendí las cartas. Movió la cabeza—. ¿Es que no vas a ver al señor Foe? —le pregunté. Volvió a mover la cabeza—. ¿Quién eres tú? ¿Por qué vigilas la casa del señor Foe? —seguí inquiriéndole, mientras para mis adentros me preguntaba si no tenía que vérmelas, una vez más, con otro mudo.

»Levantó la cabeza.

»—¿No sabe usted quién soy yo? —preguntó. Hablaba con un hilo de voz y le temblaban los labios.

»—No te he visto en toda mi vida —le contesté.

»El color se borró de su rostro.

»—Eso no es cierto —respondió casi en un susurro; y, acto seguido, se echó hacia atrás la capucha del capote y agitó sus cabellos, que eran de un color castaño miel.

»—Bien, dime cómo te llamas y sabré a qué atenerme —le contesté.

»—Me llamo Susan Barton —respondió con voz apagada; con lo que caí en la cuenta de que estaba hablando con una loca.

»—¿Y por qué, Susan Barton, te pasas el día vigilando mi casa? —le pregunté, procurando no subir demasiado la voz.

»—Para hablar con usted —respondió.

»—Y yo, ¿cómo me llamo?

»—Usted también se llama Susan Barton.

»—¿Y quién te ha mandado a vigilar mi casa? ¿El señor Foe? ¿Es que el señor Foe desea que nos vayamos?

»—Yo no conozco a ningún señor Foe —contestó—. He venido solo para verla a usted.

»—¿Y de qué asuntos quieres hablar conmigo, si se puede saber?

»—Pero ¿no lo sabe usted? —respondió en una voz tan baja que apenas podía oírla—. ¿No sabe usted de quién soy hija?

»—No te he visto en toda mi vida —le respondí—. ¿De quién eres hija? —Y entonces, en vez de contestarme inclinó la cabeza y empezó a llorar, allí plantada, con los brazos pegados al cuerpo en torpe actitud, y la cesta a sus pies.

»Pensé: Esta es una pobre chiquilla que se ha perdido que ni siquiera sabe quién es, y le pasé mi brazo por el talle tratando de consolarla. Pero apenas la rocé se dejó caer de rodillas abrazándose a mí y sollozando como si fuera a partírsele el corazón.

»—¿Qué es lo que pasa, chiquilla? —le pregunté tratando de zafarme de su abrazo.

»—¡No sabe quién soy, no sabe quién soy! —exclamó.

»—Sí, bien, no sé quién eres, pero sé cómo te llamas, tú misma me lo has dicho, y te llamas Susan Barton, igual que yo.

»Por toda respuesta su llanto arreció.

»—¡Se ha olvidado usted de mí! —gimió.

»—No puedo haberme olvidado de ti porque no te había visto jamás. Vamos, ponte de pie y seca esas lágrimas.

»Me dejó que la levantara del suelo, saqué mi pañuelo, le enjugué las lágrimas y le soné la nariz. Pensé para mí: ¡Menuda boba lloriqueante!

»—Y ahora has de decirme una cosa —añadí—. ¿Cómo sabes mi nombre?

»(Pues al señor Summers yo me presenté simplemente como la nueva ama de llaves, y en Newington a nadie le había dicho cómo me llamaba.)

»—Yo la he seguido a todas partes —replicó la chiquilla.

»—¿A todas partes? —inquirí sonriendo.

»—Sí, a todas partes —insistió ella.

»—Se me ocurre un lugar al que no me has seguido —le respondí.

»—La he seguido a todas partes —repitió.

»—¿Me seguiste al otro lado del océano? —insistí.

»—Sé todo lo de la isla —contestó.

»Fue como si me hubiera golpeado en pleno rostro.

»—Tú no sabes nada de la isla —le respondí agriamente.

»—Y también sé lo de Bahía. Sé que me estuvo buscando por todo Bahía.

»Estas palabras la traicionaron, pues mostraban bien a las claras quién le había proporcionado todos aquellos datos. Presa de indignación contra ella y contra usted giré sobre mis talones y cerré dando un portazo. Ella siguió en su puesto de vigilancia una hora más y luego, cuando ya empezaba a anochecer, se marchó.

»¿Quién es y por qué me la envía? ¿La ha enviado, acaso, como prueba de que sigue aún con vida? Hija mía no es. ¿Se piensa usted que las mujeres tienen hijos y luego se olvidan de ellos del mismo modo que las serpientes ponen huevos? Solo a un hombre podría ocurrírsele semejante fantasía. Si usted quiere que me vaya de esta casa, ordénemelo y le obedeceré. Pero ¿por qué me envía a una niña vestida como si fuera una anciana, a una niña de cara redonda y boquita en forma de O que va contando historias de madres desaparecidas? Es más hija de usted de lo que nunca fue mía.»

«Cervecero. Dice que su padre era cervecero. Que ella nació en Deptford, en mayo de 1702. Que yo soy su madre. Nos sentamos en su salón y le explico que ni he vivido nunca en Deptford en toda mi vida, ni tampoco he conocido jamás a ningún cervecero, que tengo una hija, es cierto, pero que mi hija ha desaparecido, que ella no es esa hija. Mueve la cabeza con gesto dulce y vuelve a empezar por segunda vez con la historia del cervecero George Lewes, mi marido.

»—En tal caso, si ese es el apellido de tu padre, tú te llamarás Lewes también —le interrumpo.

»—Tal vez sea ese mi nombre legal, pero no es mi nombre real —me contesta.

»—Si fuésemos ahora a hablar de qué nombres son reales y cuáles no —le observo—, yo tampoco me llamaría Barton.

»—No es eso lo que quiero decir —responde.

»—Entonces, ¿qué quieres decir? —le pregunto.

»—Estoy hablando de nuestros nombres verdaderos, de nuestros auténticos nombres —me contesta.

»Vuelve a la historia del cervecero. El cervecero regenta varias casas de juego y pierde hasta el último penique. Pide dinero prestado y lo vuelve a perder. Para escapar a sus acreedores huye de Inglaterra y se alista como granadero en los Países Bajos, donde más adelante corre el rumor de que ha muerto. A mí me deja en la miseria y con una hija a la que atender. Tengo una doncella que se llama Amy o Emmy. La tal Amy o Emmy le pregunta un día a mi hija qué clase de vida quiere llevar cuando sea mayor; este es el recuerdo más temprano que guarda. En su lenguaje infantil, ella le contesta que quiere ser cortesana. Amy o Emmy se echa a reír: "Acuérdate de esto que te digo —le dice Amy—, llegará un día en que las tres acabaremos sirviendo juntas en la misma casa".

»—Nunca he tenido criados en toda mi vida, se llamara Amy, Emmy, o cualquier otro nombre —le corrijo (Viernes no era esclavo mío, sino de Cruso, y ahora es ya un hombre libre. Ni siquiera puede decirse que sea un criado tampoco, tan ociosa es su vida)—. Me estás confundiendo con otra persona.

»Sonríe de nuevo y mueve la cabeza.

»—Esta es la prueba que nos permite reconocer a nuestra verdadera madre —dice inclinándose hacia delante y poniendo su mano junto a la mía—. Vea —añade—, las dos tenemos la misma mano. La misma mano y los mismos ojos.

»Miro detenidamente las dos manos juntas. La mía es larga, la suya corta. Los suyos son los dedos regordetes y sin formar todavía de una niña. Sus ojos son grises, los míos castaños.

¿Qué clase de ser es para mostrarse tan imperturbablemente ciega a la evidencia de los sentidos?

»—¿Te ha enviado aquí un caballero? —le pregunto—. Un caballero de mediana estatura con un lunar en la barbilla, aquí.

»—No —me responde.

»—No te creo —contesto—. Creo que alguien te ha enviado y ahora quiero que te vayas. Te ruego que te marches y que no vuelvas a molestarme.

»Mueve la cabeza y se aferra al brazo de su silla. El aire de placidez desaparece.

»—¡No me echará usted! —exclama apretando los dientes.

»—Muy bien —le digo—, si lo que quieres es quedarte aquí, quédate. —Y me retiro, cierro la puerta con llave al salir y me meto la llave en el bolsillo.

»En el vestíbulo me encuentro a Viernes, plantado con aire lánguido en un rincón. (Siempre se queda parado en los rincones, nunca en el centro: desconfía del espacio.)

»—No es nada, Viernes —le tranquilizo—. No es más que una pobre chiquilla loca que viene a quedarse con nosotros. En casa del señor Foe hay muchos aposentos. Hasta ayer mismo éramos solo una mujer náufrago y un esclavo mudo, y ahora tenemos también a una loca. Y aún queda sitio para leprosos, acróbatas, piratas y prostitutas que quieran venirse a vivir con nosotros en esta casa de fieras. No me hagas caso. Vuelve a la cama y duérmete. —Y paso por delante, casi rozándole, y me retiro.

»Le hablo a Viernes como esas viejas que hablan a los gatos, por pura soledad, hasta que al final la gente les pone el sambenito de brujas y las evita por la calle.

»Más tarde vuelvo al salón. La muchacha está sentada en un sillón, con la cesta a sus pies, haciendo punto.

»—Si sigues haciendo punto con esta luz vas a dañarte la vista —le digo—. Se da una circunstancia que no pareces entender —prosigo—. El mundo está lleno de historias de madres que buscan a los hijos e hijas que dejaron abandonados mucho tiempo atrás. Pero lo que no se da son historias de hijas que busquen a sus madres. No existen testimonios de tales búsquedas porque, simplemente, nunca se ha dado semejante caso. No forma parte de la vida.

»—Se equivoca usted —me contesta—. Usted es mi madre, yo la he encontrado, y ya nunca la abandonaré.

»—Admito, desde luego, que he perdido a una hija. Pero yo no la abandoné, me la arrebataron, y tú no eres esa hija. Esta vez no cerraré la puerta con llave. Cuando te parezca bien, márchate.

»Esta mañana cuando bajé seguía allí, arrellanada en el sillón, envuelta en su capa, dormida. Al inclinarme sobre ella veo que tiene un ojo medio abierto y mirando en blanco. La sacudo para despertarla.

»—Ya es hora de que te vayas —le digo.

»—No —me responde. Desde la cocina oigo, no obstante, cerrarse la puerta y el golpecito seco del pestillo al salir alguien.

»—¿Y quién te crió después de que yo te abandonara? —le pregunté.

»—Los gitanos —replicó.

»—¡Los gitanos! —repetí yo con sorna—. ¡Los gitanos no roban niños más que en los libros! ¡Ve inventándote un cuento mejor!

»Y ahora, por si mis tribulaciones fueran pocas, Viernes ha caído en una de sus periódicas rachas de melancolía. Rachas de melancolía era como denominaba Cruso a aquellos breves intervalos en que, sin razón aparente, Viernes dejaba sus utensilios tirados en el suelo y desaparecía en algún apartado rincón de la isla, y luego, al día siguiente, regresaba y reanudaba su quehacer rutinario como si nada hubiera pasado. Ahora rumia melancólico por los pasillos o se queda parado ante la puerta de la calle, ansioso por escapar, pero temeroso de aventurarse al mundo exterior; o si no, permanece acostado y finge no oírme cuando le llamo.

»—¡Ay, Viernes! —le digo sentándome en el borde de su cama, moviendo la cabeza, mientras me embarco muy a pesar mío en otro de esos largos e inútiles coloquios que mantengo con él–. ¿Cómo iba yo a adivinar, cuando las olas me arrojaron a tu isla y te vi por primera vez, lanza en ristre, con aquel sol resplandeciente que aureolaba tu cabeza como con un halo, que el curso de los acontecimientos habría de conducirnos a esta sombría casa en Inglaterra y a todo este período de infructuosa espera? ¿Me equivoqué al elegir al señor Foe? ¿Y quién es esa niña, esa niña loca que nos manda? ¿Nos la manda como señal de algo? ¿Como señal de qué?

»"¡Oh, Viernes, cómo podría yo hacerte entender el ansia que sentimos los que habitamos un mundo de palabras porque nuestras preguntas obtengan respuesta! Es como ese deseo de sentir, cuando besamos a alguien, que los labios que besamos responden a nuestro beso. Si no fuese así, ¿no nos contentaríamos con estampar nuestros besos en las estatuas, en las frías estatuas de reyes y reinas, de dioses y diosas? ¿Por qué crees que no besamos a las estatuas o que no compartimos nuestro lecho con ellas, los hombres con estatuas de mujeres y las mujeres con estatuas de hombres, estatuas esculpidas en posturas propicias al deseo? ¿Crees que la frialdad del mármol es la única razón? Estate un buen rato acostado en tu cama con una estatua, pon buenas mantas que os cubran a ambos, y ya verás cómo el mármol se va caldeando. No, no es porque el mármol sea frío, es porque está muerto, o mejor dicho, porque nunca tuvo vida ni nunca la tendrá.

»"Puedes estar bien seguro, Viernes, de que, aunque me siente en el borde de tu cama y te hable de deseo y de besos, no por eso te estoy cortejando. No es este un juego en el que las palabras posean un doble significado, en el que la frase 'Las estatuas están frías' quiera decir 'Los cuerpos están calientes', o se diga 'Ardo por una respuesta', y signifique 'Ardo porque alguien me abrace'. Ni tampoco es esta negativa mía de esa clase de hipócritas negativas que, en Inglaterra al menos –ignoro cuáles puedan ser los usos y costumbres de tu país–, nos viene exigida por la decencia. Si quisiera cortejarte, te cortejaría abiertamente, puedes estar seguro. Pero no te estoy cortejando. Lo que intento es que tú, que me consta que no has pronunciado una sola palabra en toda tu vida y que morirás sin hacerlo, te des cuenta de lo que supone hablar, día tras día, al vacío sin jamás obtener respuesta. Emplearé un símil: en mi opinión, el deseo de que nuestras preguntas obtengan una respuesta es idéntico a ese otro deseo de abrazar o ser abrazados por otro ser humano. ¿Entiendes lo que quiero decir? Lo más probable es que tú, Viernes, aún seas virgen. Tal vez ni siquiera estés demasiado familiarizado con los órganos de la procreación. Pero, sin duda, dentro de ti sientes algo, por oscuro que sea, que te hace sentirte atraído por una mujer de tu misma especie, y no por un mono o por un pez. Y eso que tú quieres consumar con esa mujer, aunque si ella no te ayuda lo más probable es que nunca sepas cómo, es lo que también yo quiero llevar adelante, y lo que en mi símil comparaba a ese beso que responde al nuestro.

»"¡Qué destino tan cruel el de quien pasa por la vida sin ser besado! Y si te quedas en Inglaterra, Viernes, lo más probable es que ese sea el tuyo. ¿En dónde vas a encontrar a una mujer de tu misma raza? Nosotros no somos una nación rica en esclavos. Pienso en el caso de un perro guardián, criado con cariño, pero confinado desde que era cachorro tras una verja cerrada con llave. Cuando un buen día la verja queda abierta y el perro escapa, por poner un ejemplo, el mundo se le antoja tan vasto, tan extraño, tan lleno de visiones y olores turbadores, que empieza a gruñir a la primera criatura que encuentra en su camino y se tira a su cuello, y a partir de ese momento se le tilda de peligroso y pasa el resto de sus días encadenado a un poste. No es que esté diciendo que tú, Viernes, seas peligroso, ni que te vayas a pasar lo que te queda de vida cargado de cadenas, no es ese el sentido de mi historia. Lo que quiero, por el contrario, es señalar lo antinatural que es el destino de un perro o de cualquier otra criatura a la que se mantiene apartada de las de su misma especie; y también que durante el confinamiento el impulso amoroso, que es el que nos empuja hacia nuestros semejantes, o bien perece irremisiblemente, o bien extravía su camino. Pero, por desgracia, siempre parece como si mis historias pudieran aplicarse a más cosas de lo que pretendo, así que he de volver sobre lo dicho, extraer cuidadosamente la moraleja correcta, pedir disculpas por las que no lo son, y borrarlas bien borradas. Algunas personas son narradoras natas; por lo que se ve, no es ese mi caso.

»"¿Y cómo podemos siquiera estar seguros de que el señor Foe, en cuya casa nos encontramos, al que tú nunca has visto, y a quien yo he confiado la historia de la isla, no habrá pasado a mejor vida hace semanas en algún escondite de Shoreditch donde se ocultaba? Si así fuese, estaríamos condenados a la oscuridad hasta el fin de nuestros días. Venderán esta casa con nosotros aún dentro para pagar a sus acreedores. Ya no habrá más jardín. Tú nunca volverás a ver África. Volverán los rigores del invierno y te verás obligado a llevar zapatos. ¿Y dónde vamos a encontrar en Inglaterra una horma que tenga el ancho de tus pies?

»"O, si no, he de asumir todo el peso de nuestra historia. Pero ¿qué puedo escribir? Sabes tan bien como yo lo aburrida que era en realidad nuestra vida. No había peligros, ni fieras depredadoras, ni siquiera serpientes, a los que tuviéramos que enfrentarnos. La comida era abundante, el sol benigno. En nuestras costas nunca desembarcaron piratas, ni filibusteros, ni caníbales, a no ser tú, si es que a ti puede llamársete caníbal. ¿Creía realmente Cruso, me pregunto, que de niño habías sido caníbal? ¿Temía en lo más hondo de su ser que de nuevo se apoderara de ti el ansia de carne humana, y que una noche le rebanaras el cuello, asaras su hígado y te lo comieras? ¿Era aquella leyenda suya de los caníbales que iban remando de isla en isla en busca de carne humana una advertencia, una velada advertencia contra ti y tus apetitos? ¿Se encogía de miedo el corazón de Cruso cada vez que enseñabas tus hermosos dientes blancos? ¡Cómo desearía que pudieses responderme!

»"Aunque pensándolo bien creo que la respuesta sería 'No'. Sin duda, Cruso debía de sentir a su modo el tedio profundo de la isla, de la misma forma que, a mi manera, lo sentía yo, y, tal vez, también tú a la tuya, e inventó la historia de las incursiones caníbales para tener un motivo que le forzase a mantenerse siempre alerta. Pues el verdadero peligro de la vida en una isla, ese peligro del cual Cruso nunca dijo una sola palabra, es el peligro de dejarse vencer por el sueño. ¡Qué fácil habría sido prolongar nuestro sueño profundo, consagrarle más y más horas cada vez de luz diurna hasta que al fin, cautivos de su férreo abrazo, hubiésemos perecido de inanición! (Me refiero a Cruso y a mí misma, pero ¿acaso no es también la enfermedad del sueño uno de los azotes de África?) ¿No habla por sí solo el hecho de que el primer y único mueble que hiciera tu amo fuese una cama? ¡Qué diferente habría sido todo si en lugar de una cama hubiera sido una mesa y un taburete, y si haciendo extensiva su destreza manual a la elaboración de tinta y de tablillas para escribir, se hubiera sentado a llevar un auténtico diario de su exilio, día a día, que nosotros podríamos habernos traído a Inglaterra, habérselo vendido a algún librero, y así nos hubiéramos ahorrado todo este embrollo con el señor Foe!

»"Por desgracia, Viernes, por el mero hecho de ser lo que somos o lo que fuimos nunca vamos a hacer fortuna. Piensa en el espectáculo que ofrecemos: tu amo y tú ocupados en las terrazas, y yo en lo alto de los acantilados esperando que se divise una vela. ¿Quién va a querer leer que hubo una vez dos individuos anodinos en una roca en medio del océano que para matar el tiempo se dedicaban a cavar buscando piedras? En cuanto a mí y mis anhelos de salvación, tanto anhelo pronto resulta tan empachoso como el azúcar. Ahora empiezo a entender por qué el señor Foe aguzó el oído cuando oyó pronunciar la palabra 'caníbal', y por qué deseaba con tanto empeño que Cruso hubiera tenido un mosquete y una caja de útiles de carpintero. También, sin duda, habría preferido que Cruso hubiera sido más joven y sus sentimientos hacia mí más apasionados.

»"Pero ya es tarde y aún queda mucho por hacer antes de que anochezca. Me pregunto si seremos los únicos habitantes de Inglaterra que no tengan ni una lámpara ni una sola vela. ¡Qué existencia tan extraordinaria la nuestra! Pero puedo asegurarte, Viernes, que los ingleses no viven así. Ni desayunan, almuerzan y cenan todos los días a base de zanahorias, ni están siempre metidos en casa como si fueran topos, ni se van a dormir tan pronto como se pone el sol. Espera a que seamos ricos y yo te enseñaré la diferencia que hay entre vivir en Inglaterra y vivir en una roca perdida en medio del océano. Mañana, Viernes, mañana, antes de que los alguaciles vuelvan y nos echen a la calle, antes de que ya no nos queden ni zanahorias para comer, ni una cama tan siquiera para acostarnos, mañana tengo que ponerme a escribir.

»"Y sin embargo, a pesar de todo cuanto he dicho, en la historia de la isla no fue todo languidecer y esperar. También tenía sus toques de misterio, ¿no es así?

»"En primer lugar las terrazas. ¿Cuántas piedras acarreasteis tú y tu amo? ¿Diez mil? ¿Cien mil? En una isla en la que no había una sola semilla lo mismo hubiera dado que os dedicaseis a regar las piedras donde estaban y a esperar a que dieran flores. Si tu amo deseaba con tanto ahínco convertirse en colono y dejar establecida a su muerte una colonia, ¿no habría sido mucho más sensato —me pregunto si me atreveré a decirlo— que plantara su simiente en el único útero que allí tenía? Cuanto más a lo lejos las veía, menos me parecían campos en espera de la siembra y más se me antojaban tumbas: esas tumbas que los emperadores de Egipto se erigían a sí mismos en el corazón del desierto, y en cuya construcción tantísimos esclavos perdieron la vida. ¿No habías aún reparado en esa semejanza, Viernes? ¿O es que la región de África de la que procedes no tuvo nunca noticia de la existencia de los emperadores de Egipto?

»"En segundo lugar —continúo enumerando los misterios—, ¿cómo perdiste la lengua? Tu amo aseguraba que eran los tratantes de esclavos quienes te la habían cortado; pero yo no he oído hablar jamás de semejante práctica, ni en el Brasil encontré nunca ningún esclavo que fuera mudo. ¿No sería tu amo quien te la cortó y luego echaba la culpa a los negreros? En tal caso nos hallaríamos ante un crimen de lesa naturaleza, como si uno fuera a dar muerte al primer desconocido que se encontrara con el solo propósito de que nunca pudiese contar quién fue el que le asesinó. ¿Y cómo pudo tu amo perpetrar tal fechoría? Ningún esclavo, por servil que sea, ofrece inerme sus miembros al filo del cuchillo. ¿Te ató Cruso de pies y manos, te metió un taco de madera entre los dientes y luego te rebanó la lengua? ¿Fue así como lo hizo? Recordemos que el único utensilio que Cruso salvó del naufragio era un cuchillo. Pero ¿de dónde sacó la soga para amarrarte? ¿Cometió la felonía cuando dormías, metiéndote el puño en la boca y cortándote la lengua mientras aún te hallabas bajo los efectos del sueño? ¿O emponzoñó, quizá, tu comida con el jugo de algún tubérculo que creciera en la isla para sumirte en un sueño semejante al de la muerte? ¿Te cortó Cruso la lengua mientras estabas aún inconsciente? ¿Y cómo se las arregló para contener la tremenda hemorragia? ¿Cómo es que no te ahogaste en tu propia sangre?

»"A no ser que no te cortara la lengua entera, sino que, simplemente, te la sajara con un corte tan limpio como el de un cirujano, que no derramara mucha sangre, pero que aun así no te permitiera nunca después el ejercicio del habla. O supongamos que lo que te cortó no fue la lengua propiamente dicha, sino los nervios que rigen sus movimientos, el haz de nervios que se encuentra en la base de la lengua. Son todo meras conjeturas, nunca he mirado dentro de tu boca. Cuando tu amo me instó a hacerlo yo me negué. Me lo impidió esa aversión que sentimos hacia los mutilados de toda índole. ¿Y por qué?, me preguntarás. Porque su visión nos recuerda algo que preferimos olvidar: la facilidad con que un golpe de espada o de cuchillo destruye de una vez por todas la hermosura y la integridad. Tal vez sea esa la razón. En tu caso, no obstante, la repulsión que yo sentía era aún más profunda. No podía apartar de mi mente la imagen de la blanda textura de la lengua, de su blandura y de su húmeda consistencia, y el hecho de que no viva a la luz del sol; y también de su indefensión ante el cuchillo una vez que este ha franqueado la barrera de los dientes. La lengua se asemeja en ese aspecto al corazón, ¿no es cierto? Con la diferencia de que cuando un cuchillo nos rebana la lengua no morimos. En ese sentido podríamos decir que la lengua pertenece al mundo de la representación, mientras que el corazón pertenece al mundo de lo esencial.

»"Y sin embargo, no es el corazón sino los miembros dotados para la representación los que nos elevan por encima de las bestias: los dedos con los que tocamos el clave o la flauta, o la lengua con la que bromeamos, mentimos y seducimos. Faltos de los miembros de la representación, ¿qué otra cosa pueden hacer las bestias cuando se aburren sino echarse a dormir?

»"Y luego viene el misterio de tu sumisión. ¿Por qué durante todos esos años, estando solo con Cruso, te sometiste a sus dictados, cuando le podías haber dado muerte tan fácilmente, o haberle cegado y convertido a su vez en tu esclavo? ¿Es que hay algo en la condición de esclavo que penetra el corazón y hace que el esclavo sea esclavo toda su vida, como el tintero que nunca se despega del maestro de escuela?

»"Y además, si puedo hablarte con franqueza (¿y por qué no habría de poder, si hablar contigo es como hacerlo con las paredes?), ¿cómo es que ni tú ni tu amo me deseasteis nunca? A vuestra isla llega una mujer, una mujer alta, de cabellos negros y ojos oscuros, que tan solo unas pocas horas antes era la amante de un capitán de navío loco de amor por ella. Lo lógico es que se hubiera encendido en vosotros el deseo tantos años reprimido. ¿Cómo es que nunca sorprendí vuestras miradas furtivas tras alguna roca cuando me bañaba en el mar? ¿Es que las mujeres que surgen del mar tan altas como yo no os atraen? ¿O acaso creéis que son reinas que regresan del exilio para reclamar las islas que los hombres les han arrebatado? Tal vez estoy siendo injusta, tal vez sea esa una pregunta que tendría que haberle hecho a Cruso y solo a él; ¿acaso tú, a quien le han robado la vida, has robado algo alguna vez? Sea como fuere, ¿creísteis Cruso y tú realmente que yo llegaba a reclamar mi dominio sobre vosotros y fue esa la razón por la que os mostrasteis tan esquivos?

»"Hago todas estas preguntas porque son las preguntas que cualquier lector de nuestra historia sin duda se hará. Cuando las olas me arrojaron a la playa no era mi intención convertirme en la esposa de ningún náufrago. Pero el lector lógicamente se preguntará cómo es que en todas las noches en que compartí aquella choza con tu amo, él y yo nos unimos solo una vez como hombre y mujer. ¿Será, tal vez, la respuesta que nuestra isla no era un jardín de deseo, como aquel en el que nuestros primeros padres paseaban desnudos y copulaban con la misma inocencia que las bestias salvajes? Creo que tu amo, si hubiera podido, habría hecho de ella un jardín consagrado al trabajo; pero, falto de tareas dignas de sus afanes, acabó contentándose con acarrear piedras, del mismo modo que las hormigas llevan y traen granos de arena de un sitio a otro a falta de algo mejor en que ocuparse.

»"Y luego está el misterio final: ¿qué hacías exactamente cuando remaste mar adentro tendido sobre aquel madero y empezaste a arrojar pétalos a las olas? Yo, por mi parte, he llegado a esta conclusión: que lanzabas los pétalos en el sitio en donde se había hundido tu barco, y que los lanzabas en recuerdo de alguien que pereció en ese naufragio, un padre o una madre, tal vez, o una hermana o hermano, o quizá una familia entera, o algún amigo muy querido. Con las tribulaciones de Viernes, pensé una vez decirle al señor Foe, aunque después nunca lo hice, podría escribirse toda una novela; mientras que, por el contrario, de la indiferencia de Cruso bien poco se puede sacar en limpio.

»"Tengo que irme, Viernes. Tú creías que acarrear piedras era la más dura de las tareas. Pero cuando me veas sentada ante el escritorio del señor Foe haciendo trazos con una pluma de ave, piensa que cada trazo es una piedra, que el papel es la isla, que tengo que dispersar todas esas piezas sobre la faz de la isla y que, una vez hecho esto, si el capataz no juzga satisfactorio el resultado (¿estuvo Cruso satisfecho en algún momento con lo que hacías?) debo ir recogiéndolas de nuevo una a una (lo que equivale, en la imagen, a borrar los trazos) y disponerlas de acuerdo con un plan distinto, y así una y otra vez, día tras día; y todo porque el señor Foe ha decidido huir de sus acreedores. En ocasiones creo que soy yo la que se ha convertido en esclava. Sin duda, si pudieras entenderme, te sonreirías.»

«Pasan los días. No hay ningún cambio. Seguimos sin ninguna noticia suya, y el vecindario no nos presta más atención que si fuéramos fantasmas. He ido una vez al mercado de Dalston con un mantel y un estuche de cucharas que he vendido para comprar víveres. De no hacerlo, lo único que tendríamos para llevarnos a la boca sería el producto de su jardín.

»La muchacha ha reanudado su guardia ante la puerta. Procuro olvidarme de su presencia.

»Escribir va revelándose como una tarea muy lenta. Tras el revuelo del motín y la muerte del capitán portugués, después de conocer a Cruso y de empezar a saber algo de la vida que llevaba, ¿qué me queda por contar? Cruso y Viernes tenían bien pocos deseos: ni deseos de escapar, ni deseos de empezar una nueva vida. Y sin deseos, ¿cómo es posible construir un relato? Me pregunto si los historiadores de la condición de náufrago que me han precedido no habrán contado todos, presa de la desesperación, una buena sarta de mentiras.

»Y, aun así, persevero. Un pintor que quiera pintar una escena tan prosaica como puede ser la de dos hombres cavando una zanja en el campo, dispone de ciertos medios a su alcance para insuflar vida al lienzo. Mediante el contraste entre los tonos dorados de la piel de uno de ellos y la tez negra como el hollín del segundo, va creando un juego de luces y sombras. Una hábil representación de sus actitudes respectivas permitirá identificar al amo y al esclavo. Y para dar aún más vivacidad a la composición es libre de añadir ciertos motivos que, tal vez, no tenga ante sus ojos el día que los pinta, pero que muy bien pueden darse otro día cualquiera, tales como un par de gaviotas volando por encima de sus cabezas, una de ellas con el pico abierto en un graznido, o bien una familia de monos, en un ángulo, encaramada en algún lejano peñasco.

»Vemos, pues, al pintor seleccionando, componiendo e incorporando diversos detalles con el fin de dar a la escena en cuestión una satisfactoria impresión de totalidad. El narrador, por el contrario –perdóneme, ¡si estuviera usted aquí en persona no le sermonearía sobre el arte de la narración!– ha de adivinar qué episodios de la historia prometen aportar algo al conjunto, extraer sus significados ocultos o ir trenzándolos como se trenza una cuerda.

»A cardar y a trenzar se puede aprender como se aprende cualquier otro oficio. Pero en cuanto a determinar qué episodios prometen y cuáles no –¿cómo se sabe si una ostra contiene una perla?– no sin justicia se ha calificado a este arte de adivinatorio. En esta tesitura bien poco puede hacer el escritor por sí mismo: ha de confiar en la gracia de la iluminación. Si en la isla hubiera sabido que un día me tocaría narrar nuestra historia, habría mostrado mucho más celo al interrogar a Cruso. "Vuelve la vista atrás –le hubiera dicho cuando yacía a su lado en la oscuridad–. ¿No recuerdas ningún momento en que una súbita iluminación te revelara el sentido último de nuestra vida en la isla? Mientras andabas por los montes o trepabas a los acantilados en busca de huevos de pájaro, ¿no te asaltó nunca la idea de que la isla fuera en realidad un ser vivo y anhelante, una gran bestia anterior al Diluvio que hubiera llegado reptando a través de los siglos hasta nuestros días, indiferente a los insectos que corretean por su lomo tratando de labrarse su propia existencia? ¿No seremos nosotros, Cruso, en una acepción más amplia también insectos? ¿Somos, tal vez, poco más que las hormigas?" O cuando yacía moribundo a bordo del *Hobart* podía haberle dicho: "Cruso, nos estás dejando atrás, te estás yendo a donde no podemos seguirte.

Desde esa posición ventajosa de alguien que deja la vida, ¿no habrá una última palabra que quieras decir como despedida? ¿No hay nada que desees confesar?"»

«Avanzamos penosamente por el bosque, la muchacha y yo. Es otoño, hemos tomado la diligencia de Epping, ahora vamos camino de Cheshunt, pero el manto de hojas, dorado, castaño y rojo, que cubre el suelo es tan espeso que no estoy segura de no habernos desviado del sendero.

»La muchacha camina detrás de mí.

»—¿Adónde me lleva? —pregunta por enésima vez.

»—Te llevo a que veas a tu verdadera madre —le respondo.

»—Ya sé quién es mi verdadera madre —contesta—. ¡Usted es mi verdadera madre!

»—Cuando la veas sabrás enseguida quién es tu verdadera madre —le replico—. Camina más deprisa, hemos de estar de vuelta antes de que se haga de noche. —Trota casi para marchar a mi paso.

»Nos internamos en lo más profundo del bosque, a millas de distancia de cualquier poblado humano.

»—Descansemos un poco —le digo.

»No sentamos una junto a la otra y nos recostamos contra el tronco de un roble gigantesco. Saca de su cesta pan y queso y una frasca de agua. Comemos y bebemos.

»Reanudamos nuestra penosa caminata. ¿Nos habremos perdido? Ella se queda siempre a la zaga.

»—Nunca estaremos de vuelta antes de que anochezca —se queja.

»—Has de confiar en mí —le respondo.

»En lo más oscuro del corazón del bosque hago un alto.

»—Descansemos otro poco —sugiero. Le quito la capa y la extiendo sobre la hojarasca. Nos sentamos—. Acércate —le digo, y la rodeo con mi brazo. Un ligero temblor recorre su cuerpo. Es la segunda vez que permito que me toque—. Cierra los ojos —añado.

»Reina un silencio tal que puede oírse hasta el roce de nuestras ropas, su paño gris contra mi paño negro. Apoya la cabeza en mi hombro. Ella y yo, dos seres de carne y hueso, nos hallamos sentadas en un mar de hojas caídas.

»—Te he traído hasta aquí para hablarte de tu familia —comienzo—. No sé quién te habrá dicho que tu padre fue un cervecero de Deptford que huyó a los Países Bajos, pero esa historia es falsa. Tu padre es un hombre que se llama Daniel Foe, el hombre que te encargó que vigilaras la casa de Newington. Del mismo modo que es él quien te dijo que yo era tu madre, apostaría a que es igualmente el autor de la historia del cervecero. Tiene destacados en Flandes regimientos enteros.

»Intenta decir algo, pero la hago callar.

»—Sé que vas a decir que no es cierto —prosigo—. Sé que vas a decirme que no conoces al tal Daniel Foe. Pero hazte esta pregunta: ¿por quién, si no, tuviste noticias de que tu verdadera madre era una tal Susan Barton que vivía en determinada casa de Stoke Newington?

»—Yo me llamo Susan Barton —susurra.

»—Eso no prueba nada. Si lo que te propones es rastrear la pista de todas las Susan Barton del reino, ya verás la cantidad de ellas que hay. Te lo repito: cuanto sabes de tu familia te lo han contado en forma de historias, y esas historias proceden todas de una única fuente.

»—Entonces, ¿quién es mi verdadera madre? —pregunta.

»—Tú eres un parto de tu padre. No tienes madre. El dolor que te acongoja no es el dolor de la pérdida, sino el de la carencia. Lo que esperas recobrar en mi persona es algo que en realidad nunca has tenido.

»—¿Un parto de mi padre? —repite—. ¡Nunca había oído algo semejante! —Mueve la cabeza con gesto de extrañeza.

»Un parto de su padre, ¿qué es lo que quiero decir con esto? Me despierto en un gris amanecer londinense y la frase sigue resonando aún en mis oídos. La calle está desierta, observo desde la ventana. Y la muchacha, ¿se ha ido para siempre?

¿La he expulsado, desterrado, abandonado finalmente en el bosque? ¿Seguirá recostada contra el roble hasta que las hojas caídas acaben cubriéndola por completo, a ella y a su cesta, y todo lo que se ofrezca a la vista no sea más que un campo de tonos castaño y oro?»

«Querido Señor Foe:

»Hace unos días Viernes descubrió sus togas —me refiero a las togas que había en el armario— y sus pelucas. ¿Son las togas de maestro de algún gremio? No sabía que hubiera un gremio de escritores.

»Las togas han hecho que se ponga a bailar, faceta suya esta que desconocía. Por las mañanas baila en la cocina, cuyas ventanas dan al este. Si hace sol ejecuta su danza en la mancha de luz que sus rayos dibujan en el suelo, extiende los brazos y da vueltas describiendo un círculo, con los ojos cerrados, hora tras hora, sin jamás dar muestras de cansancio o mareo. Por las tardes se traslada al salón, cuyos ventanales dan al oeste, y sigue allí con sus bailes.

»En el torbellino de la danza deja de ser él mismo. Se transporta más allá del alcance humano. Le llamo por su nombre y no obtengo respuesta, le tiendo la mano y me hace a un lado. Mientras baila, de su garganta se escapa una especie de canturreo en un tono más grave que el suyo habitual; a veces parece que está cantando.

»Por lo que a mí respecta, mientras cumpla con las escasas tareas que tiene encomendadas, poco me importa que cante y que baile. Yo, desde luego, no me voy a poner a cavar mientras él da vueltas. Ayer por la noche decidí arrebatarle la toga para que volviera a sus cabales. Pero cuando me deslicé sigilosamente en su habitación estaba aún despierto, y sus manos agarraban con fuerza la toga, que tenía echada sobre la cama, como si leyera mis pensamientos. Así pues, me batí en retirada.

»Viernes y sus danzas: aunque me queje de lo tediosa que es la vida en su casa, cosas sobre las que escribir, desde luego, nunca faltan. Es como si en su tintero flotara en suspensión el minúsculo ser de las palabras, prontas a empapar la pluma, a fluir y a ir tomando forma en el papel. Del piso de abajo al de arriba, de la casa a la isla, de la muchacha a Viernes: es como si lo único que hiciera falta fuese establecer los polos, el aquí y el allí, el entonces y el ahora, y luego las palabras emprendieran solas su viaje. Nunca me había imaginado que ser escritor fuera tan fácil.

»A su regreso va a encontrarse la casa casi vacía. Para empezar los alguaciles la desvalijaron –me es imposible encontrar un término más suave–, y yo he seguido cogiendo algunas cosas de aquí y de allá. (Llevo un inventario, no tiene más que pedírmelo y se lo enviaré.) Desgraciadamente, me veo forzada a vender en los mismos barrios en que venden los ladrones y a aceptar los precios que a ellos les ofrecen. Para mis escapadas me pongo un vestido negro y un bonete del mismo color que encontré arriba en el baúl con las iniciales M. J. en la orilla (¿quién es M. J.?). Con semejante atuendo parezco mayor de lo que soy: una viuda cuarentona en apuros, tal es como me veo a mí misma. Pero a pesar de todas mis precauciones, por la noche, la idea de que algún tendero rapaz me detenga y amenace con entregarme a los guardias, hasta que me veo forzada a entregarle sus candelabros como soborno por mi libertad, no me deja conciliar el sueño.

»La semana pasada vendí el único espejo que habían dejado los alguaciles, ese espejito de marco dorado que había en su gabinete. ¿Puedo confesarle que me alegro de que ya no esté? ¡Cómo he envejecido! Las cetrinas portuguesas de Bahía se resistían a creer que tuviera una hija ya crecida. Pero la vida con Cruso surcó mi frente de arrugas, arrugas que la casa de Foe no ha hecho sino aún más profundas. ¿No será, tal vez, esta casa suya un dormidero, como aquella gruta en la que los hombres cerraban los ojos bajo un determinado reinado y despertaban con largas barbas blancas en el siguiente? El Brasil se me antoja tan remoto como la época del rey Arturo. ¿Será posible que tenga allí una hija, una hija que va alejándose de mí cada día que pasa como yo me alejo de ella? ¿Andan los relojes del Brasil al mismo ritmo que los nuestros? ¿Me iré haciendo yo vieja y seguirá ella siendo eternamente joven? ¿Cómo es posible que hoy día, cuando hay un correo que lleva las cartas por dos peniques, tenga que compartir una casa con un hombre salido de los tiempos de la más negra barbarie? ¡Son tantas las preguntas!»

«Querido Señor Foe:

»Ahora empiezo a entender por qué quería usted que Cruso hubiese tenido un mosquete y que le asediaran los caníbales. Al principio pensé que no era más que un signo del poco respeto que le merece la verdad. Me olvidaba de que usted, como escritor que es, sabe perfectamente todo el partido que se puede sacar de un festín caníbal y lo poco que da de sí, por el contrario, una mujer cuya única pretensión es guarecerse del viento. Pues, a fin de cuentas, todo es cuestión de palabras y del número de esas palabras, ¿no es así?

»Viernes se sienta a la mesa con su peluca y sus togas y come puré de guisantes. Yo me pregunto: ¿Habrá franqueado alguna vez esos labios carne humana? Verdaderamente los caníbales deben de ser terribles; pero lo más terrible de todo es cuando uno piensa en esos niñitos caníbales que entornan los ojos de placer mientras mastican la carne suculenta del vecino. La sola idea me da escalofríos. Comer carne humana debe de ser, sin duda, como caer en pecado: cuando se ha caído una vez y se descubren sus alicientes, todas las ocasiones de volver a pecar nos parecen pocas. Cuando contemplo a Viernes danzando en la cocina, con las togas arremolinadas en torno suyo y la peluca bailoteándole en la cabeza, con los ojos cerrados y la mente absorta, no en la isla, de eso puede estar bien seguro, ni en el dudoso placer de cavar y acarrear piedras, sino en ese tiempo remoto en que era un salvaje más entre salvajes, me estremezco. Que el nuevo Viernes creado por Cruso cambie de piel y reaparezca el Viernes de antaño, el de las selvas caníbales, puede no ser, tal vez, más que cuestión de tiempo. ¿Habré siempre juzgado mal a Cruso?, ¿no le cortaría la lengua a Viernes como castigo por sus pecados? ¡En tal caso mejor hubiera sido que le arrancara los dientes!»

«Hace unos días, cuando revolvía una cómoda buscando algún objeto que pudiera llevar a vender al mercado, me encontré un estuche con una familia de flautas de pico que, sin duda, habrá usted tocado en otro tiempo: quizá tocaba usted la gran flauta bajo mientras sus hijos le acompañaban con las otras más pequeñas. (Por cierto, ¿qué ha sido de sus hijos? ¿Es que no se fía de ellos para que le oculten de la justicia?) Cogí la flauta más pequeña de todas, la soprano, y la dejé en un sitio donde Viernes pudiera encontrarla. A la mañana siguiente le oí jugueteando con ella; y pronto la dominaba lo suficientemente como para tocar aquella melodía de seis notas que siempre asociaré con la isla y con la primera vez que Cruso cayó enfermo. Estuvo tocándola toda la mañana. Cuando fui a regañarle me lo encontré dando vueltas parsimoniosamente con la flauta en los labios y los ojos cerrados; no me hizo el menor caso, tal vez ni siquiera oyó mis palabras. ¡Qué propio de salvajes el aprender a tocar un instrumento desconocido —en la medida en que tal cosa es posible sin lengua— y contentarse con repetir eternamente la misma melodía! Es una prueba evidente, o bien de falta de curiosidad o, lo que es peor aún, de pereza. Pero estoy empezando a divagar.

»Mientras limpiaba con un paño la flauta bajo toqué unas notas distraídamente y entonces se me ocurrió que si había un lenguaje que pudiera serle accesible a Viernes, ese era sin duda el lenguaje de la música. Cerré, pues, la puerta y me puse a soplar y a mover los dedos como había visto hacer a la gente hasta que fui capaz de tocar pasablemente la tonadilla de Viernes, y luego una o dos distintas que sonaron bastante más melodiosas a mi oído. Mientras yo seguía tocando a oscuras para ahorrar velas, Viernes, que estaba acostado, pero despierto, en el piso de abajo, sumido en su propia oscuridad, escuchaba aquellos tonos graves de mi flauta, tonos que lo más probable es que nunca hubiera oído en toda su vida.

»Cuando Viernes empezó a bailar y a tocar la flauta aquella mañana, yo ya estaba preparada: me senté en mi cama, en el piso de arriba, crucé las piernas y empecé a tocar la melodía de Viernes, primero al unísono con él y luego, en los intervalos en que su flauta callaba, sola; y seguí tocándola una y otra vez mientras él también lo hacía hasta que, al fin, empezaron a dolerme las manos y a darme vueltas la cabeza. La música que hacíamos no era nada satisfactoria: había una sutil disonancia todo el tiempo, por más que, aparentemente, tocáramos las mismas notas. Y, sin embargo, nuestros instrumentos estaban hechos para concertar, ¿por qué, si no, iban a guardarse en el mismo estuche?

»Cuando Viernes llevaba ya un rato en silencio bajé a la cocina.

»—Bien, Viernes —le dije con una sonrisa—, ahora ya somos músicos los dos. —Alcé mi flauta y empecé a tocar de nuevo su melodía, hasta que una especie de gozo se apoderó de todo mi ser.

»Pensé: Cierto, no estoy conversando con Viernes, pero ¿no es como si estuviera haciéndolo? ¿Qué es la conversación sino una forma musical en la que los dos interlocutores atacan alternativamente el mismo estribillo? ¿Qué importa cuál sea el estribillo de nuestra conversación o la melodía que interpretemos? Y seguí preguntándome: ¿No se parecen, acaso, la conversación y la música al amor? ¿Quién puede asegurar que lo que ocurre entre dos amantes —no me refiero a cuando conversan, sino a cuando hacen el amor— sea algo tangible y real? Y, sin embargo, ¿acaso no es cierto que algo ocurre entre ellos, y que de cada nuevo encuentro salen frescos y curados por algún tiempo de su soledad? Mientras Viernes y yo tengamos la música en común, tal vez, ni a él ni a mí nos haga falta ningún otro lenguaje. Y si en nuestra isla hubiera habido música, si Viernes y yo hubiéramos podido llenar las tardes con nuestras melodías, tal vez —¿quién sabe?— Cruso habría al fin capitulado, y cogiendo la tercera flauta habría aprendido a mover los dedos, si para entonces no los tenía ya un tanto agarrotados, y todos juntos habríamos formado un trío. (Lo que, tal vez, le lleve a usted, señor Foe, a la conclusión de que lo que realmente necesitábamos del navío hundido no era una caja de herramientas sino, más bien, un estuche de flautas.)

»Esa hora que pasé en su cocina creo que me sentí satisfecha con la vida que me ha tocado vivir.

»Pero, por desgracia, así como no podemos intercambiar una y otra vez las mismas frases —"Buenos días, señor", "Buenos días"— y creer que mantenemos una conversación, o repetir siempre el mismo movimiento y llamar a eso "hacer el amor", algo semejante ocurre con la música: no podemos tocar siempre la misma melodía y quedarnos contentos con ello. O al menos eso es lo que le ocurre a la gente civilizada. Así pues, al fin no pude ya reprimirme y empecé a introducir variaciones en la melodía, primero haciendo de una nota dos seminotas, y luego cambiando otras dos notas completamente hasta transformarla en una bonita composición totalmente distinta, y tan fresca a mi oído que estaba segura de que Viernes habría de seguirme enseguida. Pero no, Viernes insistía con la vieja melodía y las dos sonaban a un tiempo contrapunteándose de forma no ya poco satisfactoria, sino incluso discordante y chirriante. Empecé a preguntarme si Viernes realmente me oía. Dejé de tocar, y sus ojos —aquellos ojos que, mientras tocaba la flauta o daba vueltas, siempre permanecían cerrados— ni siquiera se abrieron; soplé largo y tendido y apenas un ligero temblor sacudió sus párpados. Entonces comprendí que todo el tiempo que yo había estado tocando para que Viernes bailara, creyendo que ambos formábamos un dúo, él había permanecido totalmente ajeno a mí. Y cuando, herida en mi amor propio, me acerqué a él y le agarré para detener aquellos giros infernales, la presión de mi mano no pareció hacerle más efecto que el roce de una mosca; por lo que deduje que había entrado en algún trance de posesión, y que su alma se hallaba más en África que en Newington. Aunque me dé vergüenza decirlo, las lágrimas asomaron a mis ojos; toda la emoción que había acompañado mi descubrimiento de que, por fin, gracias a la música, podría entablar conversación con Viernes se disipó como por ensalmo, y, no sin amargura, me dispuse a aceptar el hecho de que, tal vez, lo que le hacía mostrar tal hermetismo no era ni indolencia, ni el accidente de la pérdida de su lengua, ni tan siquiera la incapacidad de distinguir entre el lenguaje y un mero balbuceo, sino que revelaba un absoluto desdén a comunicarse conmigo. Mientras le observaba dar vueltas y más vueltas en su danza, tuve que reprimir un súbito impulso de golpearle y hacer mil pedazos la peluca y las togas para que se diera cuenta, de una vez por todas, de que él no era el único habitante de la tierra.

»Y si le hubiera golpeado, me pregunto ahora, ¿habría recibido mis golpes con mansedumbre? Que yo viera, Cruso no le castigó jamás. ¿Le habría enseñado la amputación de la lengua a observar obediencia eterna, o al menos las formas externas de la obediencia, del mismo modo que la castración aplaca la fogosidad del semental?»

«Querido Señor Foe:

»He redactado una escritura dándole a Viernes la libertad y la he firmado en nombre de Cruso. Después la he metido en una bolsita, la he cosido y se la he colgado a Viernes del cuello con un cordel.

»Si yo no soy quién para darle la libertad, porque no es mío, ¿de quién es en tal caso? Nadie puede ser esclavo de una persona ya muerta. Si Cruso hubiera dejado viuda, yo sería esa viuda; si en vez de dejar una hubiera dejado dos, yo seguiría siendo la primera. ¿Es que la vida que llevo no es la de la viuda de Cruso? El mar me arrojó a su isla; todo lo demás es mera consecuencia de ese hecho inicial. Yo soy aquella mujer que las olas arrojaron a la playa.

»Ahora le escribo desde la carretera. Marchamos por la carretera que conduce a Bristol. El sol brilla en lo alto. Yo voy en cabeza, Viernes me sigue con el hatillo que contiene nuestras provisiones, unas cuantas cosas que he cogido de la casa, y la peluca, de la que no quiere separarse ni por un momento. Por todo abrigo lleva puestas sus togas.

»Desde luego debemos de hacer una pareja un tanto estrafalaria, una mujer descalza, con calzones de montar —los zapatos me aprietan, las viejas sandalias de piel de mono están hechas trizas— y su esclavo negro. Cuando algún que otro viajero se detiene y nos hace preguntas, le respondo que me dirijo a casa de un hermano mío que vive en Slough, y que unos salteadores de caminos nos han robado a mí y a mi lacayo nuestros caballos, ropas y todos los objetos de valor. Esta historia me granjea miradas llenas de extrañeza. ¿Por qué será? ¿Es que ya no hay salteadores de caminos? ¿Los ahorcaron a todos mientras yo me hallaba en Bahía? ¿Tan improbable es por mi aspecto que pueda poseer caballos y otras cosas de valor? ¿O es que mi aire es demasiado jovial como para haber sido despojada de todo cuanto llevaba apenas unas horas antes?»

«En Ealing pasamos por delante de un zapatero remendón. Saqué uno de los libros que llevaba en el hatillo, un volumen de sermones bellamente encuadernado en piel, y le propuse que me lo cambiara por un par de zapatos nuevos. El zapatero me señaló su nombre en uno de los *ex libris.*

»—Se trata del señor Foe, de Stoke Newington —le dije—, recientemente fallecido.

»—¿No tiene más libros? —me preguntó.

»Le ofrecí el primer volumen de los *Peregrinajes* de Purchas, y a cambio me dio un par de zapatos de sólida factura, y que me venían muy bien. Me dirá usted que salió ganando con el trueque. Pero en ciertos momentos hay cosas más importantes que los libros.

»—¿Y el negro quién es? —me preguntó el zapatero.

»—Un esclavo que ahora ya es libre y al que llevo a Bristol para buscar un barco que le devuelva a su país natal.

»—Aún les queda mucho camino por delante para llegar a Bristol —advirtió el zapatero—. ¿Habla inglés?

»—Entiende algunas cosas, pero no lo habla —le contesté.

»Más de cien millas nos quedan aún hasta Bristol: ¿a cuántos inquisidores, a cuántas preguntas tendré aún que responder? ¡Ojalá yo también me quedara sin habla de repente!

»A usted, señor Foe, un viaje a Bristol le evocará, sin duda, opíparas comidas en hosterías de carretera y amenos encuentros con desconocidos de las más diversas esferas de la vida. Pero recuerde esto: una mujer que viaja sola ha de marchar como la liebre, con el oído siempre bien atento al ladrido de los galgos. Si ocurriera que nos saliesen al paso unos bandoleros, ¿qué protección podría brindarme Viernes? A Cruso nunca se vio en la necesidad de protegerle; es más, su crianza ni siquiera le ha enseñado a alzar la mano en defensa propia. Si a mí me asaltaran ¿por qué iba a pensar que tal hecho le afectaba también a él? Ignora que le conduzco a la libertad. Ni siquiera sabe lo que esto significa. La libertad, para él, es solo una palabra, incluso menos que una palabra, un ruido, uno de los múltiples ruidos que hago cuando abro la boca. Su amo ha muerto, ahora tiene una ama, eso es todo cuanto sabe. Si nunca ha deseado tener un amo, ¿por qué habría de salir en defensa de su ama? ¿Cómo va a adivinar que nuestra marcha tiene un fin bien concreto, que sin mí está perdido?

»—Bristol es un gran puerto —le digo—. En Bristol es en donde desembarcamos cuando el barco nos trajo de la isla. Allí es donde viste aquella enorme chimenea vomitando humo que tanto asombro te produjo. De Bristol zarpan barcos hacia los cuatro puntos cardinales del globo, rumbo a las Américas principalmente, pero también a África, que fue una vez tu hogar. En Bristol buscaremos un barco que te lleve de nuevo a la tierra que te vio nacer, o al Brasil si no, donde ahora podrás vivir como un hombre libre.»

«Ayer ocurrió lo peor que nos podía ocurrir. En la carretera de Windsor nos pararon dos soldados borrachos cuyas intenciones hacia mi persona se vieron enseguida con claridad meridiana. Eché a correr campo a través para escapar de ellos, con Viernes pisándome los talones, presos de un pánico cerval en nuestra loca carrera ante la idea de que se les ocurriera dispararnos. Ahora me recojo el pelo bajo el sombrero con una horquilla y llevo una casaca que no me quito en todo el día, esperando pasar por un hombre.

»Por la tarde empezó a llover. Nos guarecimos bajo un seto con la esperanza de que no fuese más que un chaparrón. Pero el día estaba verdaderamente metido en agua. Así que, finalmente, tuvimos que reanudar nuestra penosa marcha hasta que, calados hasta los huesos, llegamos a una taberna. No sin cierto recelo abrí la puerta, hice una seña a Viernes para que me siguiera y nos dirigimos a una mesa que había en el rincón más en penumbra.

»No sé si la gente de aquel lugar no había visto nunca antes a un negro o a una mujer con calzones de montar, o simplemente no había visto jamás una pareja tan empapada, pero lo cierto es que al entrar nosotros cesaron todas las conversaciones y atravesamos el local en medio de un silencio en el que podía oírse con absoluta nitidez el gotear de la lluvia fuera en el alero. Pensé para mí: Esto ha sido un grave error; con hambre o sin ella, más nos hubiera valido buscar refugio en algún almiar. Pero con gesto decidido le acerqué una silla a Viernes y le indiqué que se sentara. A través de la toga empapada se desprendía aquel olor que yo ya había percibido cuando los marineros le subieron a bordo del barco: el olor del miedo.

»El hospedero en persona acudió a nuestra mesa. Le pedí con gran cortesía dos medidas de cerveza ligera y un plato de pan y queso. Sin contestar siquiera, se nos quedó mirando fijamente, primero a Viernes y luego a mí.

»—Es mi criado —señalé—. Y está tan limpio como podemos estarlo usted y yo.

»—Limpio o sucio, en esta casa hay que entrar con zapatos —me replicó. Me puse como la grana.

»—Si usted tiene a bien servirnos, ya cuidaré yo de la indumentaria de mi criado —le contesté.

»—Esta es una casa decente, no servimos ni a vagabundos ni a gitanos —respondió el hospedero dándose media vuelta.

»Al salir hacia la puerta uno de aquellos patanes alargó la pierna haciendo dar a Viernes un traspié, lo que arrancó sonoras carcajadas de la concurrencia.

»Nos escondimos bajo los setos hasta que se hizo de noche y entonces nos metimos furtivamente en un granero. Yo ya empezaba a tiritar bajo mis ropas mojadas. A tientas, en la oscuridad, di con un silo lleno de heno limpio. Me quité la ropa y me enterré como un topo en el heno, pero seguía sin entrar en calor. Así que bajé otra vez, me puse mis prendas empapadas, y me quedé allí de pie en la oscuridad, en aquel estado lastimoso, mientras me castañeteaban los dientes. Parecía, como si Viernes hubiese desaparecido. Ni siquiera le oía respirar. Como oriundo de las selvas tropicales tendría que haber sentido el frío mucho más intensamente que yo; y, sin embargo, caminaba descalzo en los días álgidos del invierno sin proferir una sola queja.

»—Viernes —le llamé en voz baja. No hubo respuesta.

»Al borde de la desesperación y sin saber ya qué hacer, abrí los brazos, eché la cabeza hacia atrás y empecé a dar vueltas como le había visto hacer a Viernes cuando bailaba. Es una forma de que se me seque la ropa, me dije, así creo una corriente de aire que la va secando. Es también una manera de entrar en calor. Si no hago algo voy a morirme de frío. Sentí cómo mi mandíbula iba relajándose y cómo un cierto calor, o la ilusión de calor al menos, empezaba a recorrer mis miembros. Bailé y bailé hasta que la última brizna de paja pareció también entrar en calor bajo mis pies. Acabo de descubrir por qué en Inglaterra Viernes no hace otra cosa que bailar, pensé sonriendo para mis adentros; algo que si hubiéramos seguido en casa del señor Foe nunca habría aprendido. Y de no haberme calado hasta los huesos y refugiado en la oscuridad en un granero desierto, jamás habría hecho semejante descubrimiento. De lo cual puede deducirse que, después de todo, hay un designio que rige nuestras vidas y que, si sabemos tener paciencia, estamos abocados a ver cómo ese designio va revelándose ante nuestros ojos; del mismo modo que cuando observamos a un artesano haciendo una alfombra al principio, tal vez, no vemos más que una maraña de hilos, pero si somos pacientes ante nuestros ojos asombrados empezarán a cobrar vida flores, unicornios rampantes y airosas torrecillas.

»Absorta en estas reflexiones, sin dejar de dar vueltas, con los ojos cerrados y la sonrisa en los labios, caí, creo, en una especie de trance; cuando volví en mí me hallé de pie, inmóvil, respirando trabajosamente, y algo en algún rincón de mi cerebro me decía que había estado muy lejos y que había tenido visiones maravillosas. ¿Dónde estoy?, me pregunté, y agachándome empecé a golpear el suelo con los puños; y cuando recordé que me hallaba en Berkshire una terrible congoja oprimió mi corazón; pues, fuera lo que fuese, lo que había visto en mi trance —no podía recordar nada con claridad, pero percibía (si es usted capaz de entender lo que quiero decirle) algo así como el resplandor de una memoria retrospectiva— había sido un mensaje (pero ¿de quién?) que me decía que ante mí se abrían otras vidas distintas a aquella en que vagaba penosamente con Viernes por la campiña inglesa, vida de la que ya me sentía mortalmente cansada. Y en ese preciso instante comprendí por qué Viernes en su casa se pasaba el día bailando sin parar: lo hacía para escapar, en cuerpo o en espíritu, de Newington y de Inglaterra, y también de mí. ¿Qué había de extraño en que a Viernes la vida a mi lado le pareciera una carga tan pesada como a mí me lo parecía con él? Mientras ambos estemos condenados a la compañía del otro, lo mejor, tal vez, es que bailemos, demos vueltas y nos transportemos a otro mundo.

»—Viernes, ahora te toca bailar a ti —grité en la oscuridad, y luego trepé a mi silo, me eché un montón de heno por encima y me quedé dormida.

»Me desperté con las primeras luces del alba, sintiendo una grata sensación de calor en mi cuerpo, serena, y con nuevos ánimos. Encontré a Viernes durmiendo sobre una empalizada detrás de la puerta y le zarandeé suavemente, extrañada al verle tan perezoso, pues siempre había pensado que los salvajes dormirían con un ojo abierto. Pero lo más probable es que en la isla, donde ni él ni Cruso tenían que temer a ningún enemigo, hubiera perdido sus hábitos de salvaje.»

«No es mi intención que nuestro viaje a Bristol parezca más lleno de incidencias de las que en realidad lo jalonaron. Pero he de hablarle de la niña muerta.

»A unas cuantas millas a la salida de Marlborough, mientras caminábamos a bastante buen paso por una carretera desierta, vi a lo lejos un bulto tirado en la cuneta. Pensando qué sé yo, que podía tratarse de un hatillo de ropa caído de algún carruaje, o movida por simple curiosidad, mandé a Viernes que lo trajera. Pero cuando me puse a desenrollar la tela que lo envolvía descubrí que estaba manchada de sangre, y me quedé paralizada por el miedo. Pero ya se sabe la fascinación que ejerce la sangre. Seguí, pues, desenvolviendo el cuerpo totalmente empapado en la sangre del parto de una niña que, o bien había nacido muerta o había sido asfixiada, un cuerpecito perfectamente formado, con los pequeños puños apretados a la altura de las orejas y sus facciones que irradiaban paz, que apenas habría pasado una hora o dos en este mundo. ¿De quién era aquella niña? Los campos a nuestro alrededor estaban desiertos. A media milla de distancia se divisaba un pequeno caserío; pero ¿qué acogida nos dispensarían si, como acusadores, depositábamos de nuevo en su umbral aquello de lo que habían querido desembarazarse? ¿O qué ocurriría si me tomaban por la madre de la criatura, me detenían y me hacían comparecer ante un tribunal? Volví, pues, a fajar a la niña con su ensangrentada envoltura y la deposité en el fondo de la cuneta, y, con aire culpable, hice que Viernes me siguiera y nos alejamos de allí. Pero por mucho que me lo propusiera no podía desterrar de mis pensamientos a la pequeña durmiente que nunca habría de despertar de su sueño, con sus ojitos cerrados que jamás contemplarían el cielo y aquellos dedos enroscados como un rizo que nunca se abrirían. ¿Quién era aquella niña, sino yo misma en otra vida? Esa noche Viernes y yo dormimos en un bosquecillo, fue la noche en que tenía tanta hambre que probé a comer bellotas. Apenas llevaba un minuto dormida, cuando me desperté sobresaltada pensando que debía volver a donde había quedado la niña antes de que los cuervos la descubrieran, los cuervos y las ratas; y antes de darme cuenta de lo que hacía, ya me había puesto en pie dando tumbos. Volví a echarme y me tapé hasta las orejas con mi abrigo, mientras las lágrimas corrían por mis mejillas. Mis pensamientos, sobre los que ya no ejercía ningún control —eran efecto del hambre—, volaron entonces a Viernes. Si no hubiera estado yo allí para impedírselo, ¿habría devorado, aguijoneado por el hambre, el cuerpo de la pequeña? Me dije que le juzgaba injustamente al tomarle por un caníbal o, peor aún, por un depredador de los muertos. Pero Cruso había plantado la semilla en mi mente y ya no podía mirar los labios de Viernes sin pensar en la carne que en otro tiempo los habría franqueado.

»Admito sin reservas que en reflexiones de esta índole anida la semilla de la locura. No podemos echarnos hacia atrás con gesto de asco ante la mano que nos tiende el vecino por el hecho de que esa mano, ahora limpia, haya podido estar sucia alguna vez. Todos debemos cultivar una cierta ignorancia, una cierta ceguera, o la vida en sociedad se haría intolerable. Si durante los quince años que pasó en la isla Viernes se había abstenido de comer carne humana, ¿por qué no habría de abstenerse ya para siempre? Y si en lo más hondo de su corazón seguía aún siendo caníbal, ¿no sería el cuerpo vivo y caliente de una mujer un bocado más apetitoso que el cadáver rígido y frío de un recién nacido? La sangre martilleaba en mis oídos; el crujido de una rama o la nube que cruzaba recortándose sobre la luna me hacían creer que Viernes estaba a punto de abalanzarse sobre mí; por más que una parte de mí misma supiera que seguía siendo el indolente negro de siempre, la otra parte, que escapaba a los dictados de mi voluntad, insistía sobre su afición a la sangre. Así pues, hasta que toda luz palideció y vi que Viernes dormía profundamente a unos cuantos pasos de distancia, con sus encallecidos pies, que parecían no sentir nunca las punzadas del frío, saliéndole por debajo de la toga, no pude pegar ojo.»

«Aunque caminamos en silencio, un enjambre de palabras revoloteaba en mi cabeza, todas dirigidas a usted. En los difíciles días de Newington llegué a pensar que había muerto: que había muerto de hambre en su cuarto de alquiler y le habían enterrado como a un mendigo cualquiera; que, finalmente, habrían dado con usted y le habrían enrolado a la fuerza en la Armada, en la que perecería de miseria y falta de cuidados. Pero ahora me invade una sensación de seguridad que me es difícil explicar. Usted está sano y salvo, y mientras marchamos por la carretera de Bristol yo le hablo como si caminara junto a mí, mi fantasma familiar, mi compañero. Cruso también viene con nosotros. Hay veces en las que Cruso vuelve a mi lado, huraño como siempre se mostró conmigo en los viejos tiempos, pero ya no me importa.»

«Al llegar a Marlborough encontré un librero de viejo y por media guinea le vendí el volumen en folio de los *Viajes por Abisinia* de Pakenham, que había cogido de su biblioteca. Aunque me alegré de poder deshacerme de un ejemplar tan pesado, me dio también cierta pena, pues no había tenido tiempo de leerlo y de aprender más sobre África y serle así de mayor utilidad a Viernes en lo referente al viaje de regreso a su patria. Viernes no es de Abisinia, ya lo sé. Pero camino de Abisinia el viajero ha de atravesar muchos otros reinos: ¿no podría ser el de Viernes alguno de ellos?

»Como sigue haciendo buen tiempo Viernes y yo dormimos bajo los setos. En aras de la prudencia procuramos escondernos, pues formamos una pareja poco común.

»—¿Es usted su amante? —nos espetó un viejo, mientras comíamos nuestro pan sentados en las gradas de una iglesia. ¿Quería ser impertinente la pregunta? El individuo en cuestión parecía haberla hecho con absoluta seriedad.

»—Él es un esclavo al que su amo dio la libertad en su lecho de muerte —le respondí—. Y yo le acompaño a Bristol en donde va a embarcarse para volver a África, a su país natal.

»—¡Ah, conque te vuelves a África! —repitió el anciano dirigiéndose a Viernes.

»—No puede hablar —señalé—. Le cortaron la lengua cuando aún era un niño, y ahora solo habla por señas. Por señas y con actos.

»—Tendrás muchas historias que contarles a los tuyos allá en África, ¿verdad? —añadió el viejo elevando la voz como solemos hacer cuando hablamos con sordos. Viernes le miraba sin inmutarse, pero no por eso se reprimió—. Seguro que habrás visto muchas cosas extraordinarias —prosiguió—, grandes ciudades, barcos tan altos como castillos. Cuando les cuentes todo lo que has visto no te van a creer.

—No tiene lengua, no puede hablar en ningún idioma, ni siquiera en el suyo —le dije, con la esperanza de que el viejo se fuera de una vez. Pero el sordo, tal vez, era él.

»—¿Sois gitanos? —preguntó inesperadamente—. ¿Sois gitanos los dos? —Por un momento no supe qué contestar.

»—Él ha sido esclavo y ahora quiere regresar a África —le repetí.

»—Ah, sí —contestó—, pues para nosotros son gitanos todos los hombres y mujeres que van por ahí revueltos a la buena de Dios, con la cara sucia, haciendo fechorías.

»Y, poniéndose de pie, se me encaró y empezó a agitar su bastón en el aire como desafiándome a que le contradijera.

»—Ven, Viernes —le dije en voz baja, y nos fuimos de la plaza.

»Ahora, cuando pienso en aquella escaramuza, me entran ganas de reír, pero entonces sentí verdadero miedo. Con la vida de topo que he llevado en su casa aquel tono de piel castaño que traje de la isla se me ha ido casi por completo; pero lo cierto es que desde que me puse en camino apenas me he lavado y tampoco lo he echado demasiado en falta. Recuerdo un barco cargado de gitanos que venían deportados de Galicia, en España, gentes hurañas y de tez oscura bajando a tierra en Bahía camino de un continente desconocido. Dos veces nos han llamado a Viernes y a mí gitanos. ¿Qué es un gitano? ¿Qué es un salteador de caminos? Parece como si aquí, en la costa oeste, las palabras cobraran un nuevo significado. ¿Me habré convertido acaso en gitana sin darme cuenta?»

«Ayer llegamos a Bristol y nos dirigimos sin pérdida de tiempo al puerto, que Viernes daba muestras de reconocer a cada paso. Allí empecé a abordar a todos los marineros que pasaban, preguntándoles si sabían de algún barco que zarpara para África o el Oriente. Al final alguien nos señaló un buque de la Compañía de las Indias Orientales que estaba fondeado precisamente al borde de la carretera, listo para zarpar rumbo a Trincomalee y a las islas de las especias. Tuvimos la gran suerte de que una gabarra, que había estado cargando mercancías acababa de atracar en el muelle y el primer oficial de a bordo saltaba a tierra en ese preciso instante. Tras pedirle disculpas por nuestro sucio aspecto de viajeros y asegurarle que no éramos gitanos, le presenté a Viernes como un antiguo esclavo de las Américas, felizmente ya libre, deseoso de volver a su país natal en África. Por desgracia, seguí diciéndole, Viernes no podía hacerse entender ni en inglés ni en ningún otro idioma, pues los negreros le habían cortado la lengua. Pero era una persona diligente y obediente, y todo cuanto pedía era que le permitieran pagarse su pasaje de regreso a África trabajando como ayudante de cubierta.

»Al oírme decir esto el marinero se sonrió.

»–África, señora, es inmensa, mucho más grande de lo que yo le pueda contar –observó–. ¿Sabe su hombre al menos dónde quiere que le dejen en tierra? Porque podría darse el caso de desembarcar en África y que para llegar a su país le quedase una distancia aún mayor de la que hay de aquí a Moscovia.

»Pasé por alto la pregunta.

»–Cuando llegue el momento estoy completamente segura de que sabrá dónde –le contesté–. El instinto de la tierra natal es lo último que se pierde. ¿Va a llevarle con usted o no?

»–¿Ha navegado ya alguna otra vez? –inquirió el marinero.

»–No solo ha navegado, sino que incluso sobrevivió a un naufragio –le respondí–. Es un marinero de una pieza.

»El oficial accedió, pues, a llevarnos ante el patrón del buque de la compañía. Le seguimos a un café donde el patrón estaba reunido con dos comerciantes. Tras una larga espera fuimos finalmente presentados. Volví a relatarle la historia de Viernes y sus deseos de regresar a África.

»–¿Ha estado usted en África, señora? –me preguntó el capitán.

»–No, no he estado –le contesté–, pero no creo que eso venga al caso.

»–¿Y va usted a acompañar a este hombre?

»–No, no voy a ir con él.

»–Entonces déjeme que le diga una cosa –prosiguió–. Media África es un desierto y la otra mitad una selva pestilente asolada por las fiebres. Su amigo negro haría mucho mejor en quedarse en Inglaterra. No obstante, si ya lo tiene tan decidido, le llevaré conmigo. –Al oírle decir esto, me dio un vuelco el corazón–. ¿Tiene usted sus papeles de manumisión? –me preguntó. Por señas indiqué a Viernes, que había permanecido de pie como un poste durante toda la conversación, sin entender nada, que quería abrir la bolsita que llevaba colgada al cuello y enseñar al capitán el papel firmado en nombre de Cruso, que pareció complacerle–. Muy bien –dijo, guardándose el papel en el bolsillo–, dejaremos a su hombre en aquel punto de la costa africana que él nos indique. Pero ahora tienen ya que decirse adiós: zarpamos por la mañana.

»No sé si fueron las maneras del capitán o la mirada de inteligencia que sorprendí entre él y el segundo de a bordo, pero lo cierto es que de pronto todo se me antojó un tanto sospechoso.

»–Ese papel es de Viernes –señalé, y alargué la mano para que me lo devolviera–. Es la única prueba que tiene de ser un hombre libre. –Y cuando el capitán me dio el papel añadí–: Viernes no puede embarcarse ahora mismo, pues aún tiene que volver a nuestro alojamiento en la ciudad a recoger sus efectos personales. –Con lo cual vieron enseguida que yo había adivinado lo que maquinaban, que era, obviamente, vender a Viernes como esclavo por segunda vez: el capitán se encogió de hombros, me volvió la espalda, y así fue como acabó todo.

»Así pues, el castillo que había hecho en el aire, es decir, que Viernes se embarcara para África y yo pudiera volver a Londres, dueña finalmente de mi destino se vino abajo con estrépito ensordecedor. Cuando los patrones eran gente honrada, enseguida descubría lo poco dispuestos que estaban a aceptar a un ayudante de cubierta tan poco prometedor como Viernes. Solo los más faltos de escrúpulos –y de esos encontré un buen número en los días que siguieron– nos daban la bienvenida, viendo, sin duda, en mí a una pobre incauta fácil de engañar y en Viernes la presa que Dios, providencialmente, les enviaba. Uno de estos últimos llegó a asegurar que zarpaba para Calicut y que en la travesía hacía una escala en el cabo de Buena Esperanza, donde me prometió dejar en tierra a Viernes, cuando su verdadero destino, como luego supe por el encargado del muelle, era Jamaica.

»¿Me mostré excesivamente suspicaz? Todo lo que sé es que esta noche, si Viernes se hallara en alta mar destinado por segunda vez, y sin saberlo a las plantaciones, yo no podría dormir tranquila. Una mujer puede tener un hijo no deseado y criarlo sin amor, pero siempre estará, no obstante, dispuesta a defenderlo con su vida. Y esa es, por así decirlo, la relación que se ha establecido entre Viernes y yo. Yo no le quiero, pero es mío. Por eso es por lo que sigue en Inglaterra. Por eso está aún aquí.»

III

La escalera era oscura y sórdida. Los golpes de mis nudillos resonaron como si llamara al vacío. Pero llamé una segunda vez, y oí unos pies que se arrastraban y una voz al otro lado de la puerta, su voz, apagada y cauta.

–Soy yo, Susan Barton –anuncié–. Vengo sola, con Viernes.

Tras lo cual la puerta se abrió y ante mi apareció el mismo Foe que yo había visto por primera vez en Kensington Row, solo que más flaco y más vivaz, como si la vigilancia y una dieta frugal le hubieran sentado bien.

–¿Podemos pasar? –pregunté.

Se hizo a un lado y penetramos en su refugio. La habitación no tenía más que una ventana, por la que en aquellos momentos entraba a raudales el sol de la tarde. La vista daba al norte, sobre los tejados de Whitechapel. Una mesa, una silla y una cama, las tres de muy tosca factura, constituían todo el mobiliario; un rincón, de la habitación quedaba oculto por una cortina.

–No es como me lo había imaginado –le dije–. Esperaba encontrarme el suelo con una espesa capa de polvo, y un cierto aire lóbrego. Pero la vida no es nunca como esperamos que sea. Me viene a la memoria un autor que decía que, después de la muerte, tal vez no nos encontremos entre coros de ángeles, sino en un lugar completamente vulgar, una casa de baños, por ejemplo, en una tarde calurosa, con arañas sesteando por los rincones; al principio nos parecerá como cualquier otro domingo en el campo; solo más tarde nos percataremos de que hemos entrado en la eternidad.

—Debe de tratarse de un autor que no he leído.

—Esa idea me ha acompañado desde la infancia. Pero he venido a hablarle de una historia bien distinta. De nuestra propia historia y la de la isla. ¿Avanza? ¿La tiene ya escrita?

—Avanza, avanza, Susan, pero lentamente. Es una historia lenta, muy lenta. ¿Cómo ha dado conmigo?

—Por una feliz casualidad, simplemente. Me encontré con su antigua ama de llaves, la señorita Thrush, en Covent Garden, después de que Viernes y yo volviéramos de Bristol. En la carretera de Bristol le escribí varias cartas, las traigo conmigo, se las daré luego. La señorita Thrush dirigió nuestros pasos al chiquillo que le hace a usted los recados, con cierta prueba de que éramos personas de confianza, y él ha sido quien nos ha traído hasta esta casa.

—Me parece magnífico que haya venido, porque he de saber más cosas de Bahía, y usted es la única que puede contármelas.

—Bahía no forma parte de mi historia —le respondí—, pero le diré todo lo que sé. Bahía es una ciudad construida sobre colinas. Para transportar las mercancías del puerto a los almacenes los comerciantes han tendido un gran cable, con sus poleas y cabrestantes. Desde la calle pueden verse las balas de mercancías pasar volando por encima de las cabezas todo el día. Las calles bullen con un gentío de hombres libres y esclavos, portugueses y negros, indios y mestizos, ocupados en los más diversos quehaceres. Pero es raro ver por la calle mujeres portuguesas. Los portugueses son una raza sumamente celosa. Tienen un dicho que reza así: «En toda su vida una mujer no ha de salir de casa más que en tres ocasiones: a su bautizo, a su boda y a su entierro». A las mujeres que no tienen reparos en salir a la calle las consideran prostitutas. A mí me consideraban una prostituta. Pero hay allí tantísimas prostitutas, o mejor mujeres libres, como yo prefiero llamarlas, que eso no me arredraba. Cuando por las tardes refresca las mujeres libres de Bahía visten sus mejores galas, se cuelgan torques de oro al cuello, se ponen pulseras de oro en los brazos, adornan sus cabellos con aderezos también de oro, y salen a pasear por las calles; el oro allí es barato. Las mujeres de color, o *mulatas** como allí las llaman, son con mucho las más hermosas. La Corona no ha conseguido frenar el tráfico clandestino de oro, que se extrae de las minas del interior y que los propios mineros venden a los orfebres. Por desgracia nada puedo mostrarle del arte de esos consumados artífices, ni un alfiler tan siquiera. Los amotinados me despojaron de todo cuanto tenía. A la playa de la isla llegué únicamente con lo que llevaba puesto, roja como una zanahoria por el sol, con las manos llenas de ampollas, en carne viva. Nada me extraña que Cruso se mostrara insensible a mis encantos.

—¿Y Viernes?

—¿Viernes?

—¿No se pudo enamorar Viernes de usted?

—¿Y cómo vamos a saber lo que ocurre en el corazón de Viernes? Pero no, creo que no. —Me volví hacia Viernes, que llevaba todo el rato sentado en cuclillas junto a la puerta con la cabeza apoyada en las rodillas—. ¿Me amas, Viernes? —le pregunté dulcemente. Viernes ni siquiera levantó la cabeza—. Hemos vivido demasiado cerca el uno del otro para poder amarnos, señor Foe. Viernes se ha convertido en mi sombra. ¿Acaso nos ama nuestra sombra por el mero hecho de no separarse nunca de nosotros?

Foe sonrió.

—Cuénteme más cosas de Bahía —dijo.

—¡De Bahía habría tanto que contar! Bahía es un mundo en sí misma. Pero ¿qué objeto tiene? Bahía no es la isla. Bahía no fue más que una escala en mi camino.

—Tal vez no sea así —respondió Foe con cautela—. Repase su historia y ya verá. Todo empieza en Londres. A su hija la raptan o ella se fuga, no sé cuál de las dos cosas exactamente, pero eso poco importa. Usted se embarca rumbo a Bahía en su busca, pues le llega cierta información de que se encuen-

---

* En portugués en el original. *(N. del T.)*

tra allí. En Bahía usted pasa nada menos que dos años, dos infructuosos años. ¿Cómo vive allí todo este tiempo? ¿Qué es lo que se pone para vestir? ¿En dónde se aloja? ¿Cómo pasa el día? ¿Quiénes son sus amigos? Estas son las cuestiones que hay que plantearse, las preguntas a las que debemos hallar una respuesta. ¿Y qué suerte ha corrido entretanto su hija? Por vastos que sean los espacios brasileños una hija no se desvanece como si fuera humo. ¿No cabe dentro de lo posible que mientras usted la busca, ella, a su vez, la esté buscando a usted? Pero, basta de preguntas. Finalmente usted desespera de encontrarla. Abandona su búsqueda y parte. Poco después, procedente de las tierras del interior su hija llega a Bahía en busca suya. Oye lo que cuentan de cierta inglesa de aventajada estatura que se ha embarcado rumbo a Lisboa, y se embarca también en esa dirección. Deambula por los muelles de Lisboa y de Oporto. Los rudos marineros la toman por loca y se muestran afables con ella. Pero nadie ha oído hablar de ninguna inglesa tan alta como ella dice que haya desembarcado procedente de Bahía. ¿Dónde está usted? ¿En las Azores, con la mirada perdida en la mar, guardando luto como Ariadna? No sabemos. Pasa el tiempo. Su hija también desespera de encontrarla. Un día llega por azar a sus oídos la historia de cierta mujer rescatada en una isla desierta en la que había sido abandonada, en compañía de un hombre ya anciano y de su esclavo negro. ¿No podría ser esa mujer su madre? Sigue el hilo de esos rumores de Bristol a Londres hasta dar con la casa en donde la mujer en cuestión ha servido una breve temporada. La casa es la de Kensington Row. Allí averigua el nombre de la mujer que busca. Se llama igual que ella.

»Tenemos pues, resumiendo, cinco partes: la desaparición de la hija, la búsqueda de la hija en el Brasil, el abandono de la mencionada búsqueda, y la subsiguiente aventura de la isla; la búsqueda que a su vez emprende la hija, y finalmente el reencuentro de madre e hija. Así es como se hace un libro: pérdida, búsqueda y recuperación, o planteamiento, nudo y desenlace. La novedad viene dada tanto por el episodio de la isla, que en sentido estricto constituye la segunda mitad de la parte central, como por ese intercambio de papeles en el que la hija emprende una búsqueda que la madre ya ha abandonado.

Toda la alegría que me había producido llegar hasta Foe se desvaneció en un instante. Al sentarme las piernas me pesaban como plomo.

—La isla por sí sola no da para una historia —prosiguió Foe en tono amable poniéndome la mano en la rodilla—. Para darle vida no nos queda más remedio que insertarla en otra historia más amplia. Aislada es como un bote de madera que flota y flota a la deriva en la inmensidad del océano hasta que un buen día, humildemente y sin hacer el menor ruido, se va a pique. La isla carece de contrastes de luz y de sombra. Todo se repite monótonamente, una y otra vez. Es como una barra de pan. Cuando, enfrascados en nuestras lecturas, estamos a punto de morir de inanición, ¡qué duda cabe de que nos permite seguir con vida!; pero, cuando hay dulces y pasteles mucho más exquisitos, ¿a quién puede ocurrírsele comer pan?

—En mis cartas, que ya veo que no ha leído —le respondí—, le expresaba mi convicción de que si la historia parece un tanto estúpida, la razón no es otra que ese silencio que tan celosamente guarda. Esas sombras que usted tanto echa en falta están ahí: en la pérdida de la lengua de Viernes.

Foe guardó silencio y yo proseguí.

—La historia de la lengua de Viernes es una historia imposible de narrar, o yo al menos soy incapaz de hacerlo. Es decir, sobre la lengua de Viernes pueden contarse múltiples historias, pero la verdad solo Viernes la sabe, y Viernes es mudo. Hasta que no consigamos, mediante el arte, que Viernes hable con voz propia, la verdadera historia no se sabrá jamás.

»Señor Foe —proseguí, hablando con creciente dificultad—, cuando vivía en su casa a veces permanecía despierta escuchando el martilleo de la sangre en mis oídos, atenta a aquel silencio de Viernes en el piso de abajo, un silencio que ascendía por las escaleras como si fuera humo, como una densa columna de humo negro. Al poco rato me parecía que me faltaba el aire, sentía como si me asfixiara en mi propia cama. Mis pulmones, mi corazón, mi cabeza, todo se llenaba de aquel humo negro. Tenía que levantarme de un salto, descorrer las cortinas, sacar la cabeza por la ventana, aspirar aire fresco y comprobar con mis propios ojos que las estrellas aún seguían brillando en el firmamento.

»En mis cartas le hablaba de las danzas de Viernes. Pero no le he contado toda la historia.

»Después de que descubriera sus togas y pelucas y las convirtiera en su librea, Viernes se pasaba días enteros dando vueltas, bailando y cantando a su modo y manera. Lo que yo no le contaba es que para bailar lo único que llevaba puesto era una peluca y una toga. Cuando se quedaba quieto esta le cubría hasta los talones; pero cuando empezaba a girar sobre sí mismo la toga se despegaba de su cuerpo y quedaba flotando como suspendida en el aire, de tal forma que habría que pensar si el único propósito de tales danzas no era mostrar la desnudez que se ocultaba debajo.

»Le he de confesar que cuando Cruso me contó que los tratantes de esclavos acostumbraban a cortarles la lengua a sus prisioneros para hacerles más sumisos, ya entonces me pregunté si no estaría empleando, por pura delicadeza, algún tipo de imagen; si la lengua cortada no simbolizaría también otra clase de mutilación aún más atroz; si lo que quería darme a entender al decir esclavo "mudo" no sería más bien esclavo "castrado".

»La mañana que oí aquella especie de zumbido por primera vez me asomé a la puerta y me encontré con el espectáculo de Viernes bailando con la toga arremolinada en torno a su cuerpo. Me sentí tan confundida que sin el menor rubor clavé mis ojos en aquello que hasta aquel momento me había estado velado. Pues aunque a Viernes le había visto desnudo en otras ocasiones, había sido siempre a lo lejos: en la isla todos guardamos, dentro de lo que nos era posible, un cierto recato, y Viernes no menos que nosotros dos.

»Ya le he hablado de la repugnancia que sentí cuando Cruso le abrió la boca a Viernes para que yo viese que no tenía lengua. Lo que Cruso quería que viera, y yo aparté mis ojos para no ver era aquel grueso muñón en la parte posterior de la boca que siempre después me he imaginado coleando y tensándose sacudido por la emoción cada vez que Viernes tratara de articular palabra, como un gusano partido en dos contorsionándose en los espasmos de la muerte. A partir de aquella noche siempre he temido que la evidencia de otra mutilación aún más execrable se presentara de golpe ante mi vista.

»En aquella danza todo era sosegado y a la vez nada lo era. La toga arremolinada parecía una campana de color escarlata que caía sobre los hombros de Viernes envolviéndole; y Viernes mismo era el oscuro pilar que se erguía en su centro. Todo lo que había permanecido oculto se me reveló bruscamente. Y vi, o diría mejor que mis ojos estuvieron abiertos a lo que se ofrecía ante ellos.

»Vi y creí lo que había visto, aunque luego me acordé de Tomás, que también vio, pero no tuvo el valor de creer hasta que no puso el dedo en la llaga.

»Ignoro cómo pueden abordarse todas estas cuestiones en un libro, a no ser que uno lo haga valiéndose de metáforas. La primera vez que oí hablar de usted me dijeron que era hombre de suma discreción, una especie de pastor de almas, que en el desempeño de su misión escuchaba las más negras confesiones de labios de penitentes presa de la más sorda desesperación. Me prometí a mí misma que nunca me postraría de rodillas ante usted, como todos esos reos de muerte suyos a los que se les llena la boca de toda suerte de inconfesables confidencias: le contaré en términos sencillos y claros cuanto se pueda contar y callaré lo que crea oportuno. ¡Y, sin embargo, aquí me tiene, vomitándole mis más insondables secretos! Es usted como uno de esos famosos libertinos, contra los que las mujeres se arman de valor, pero contra quienes, llegado el momento, se sienten inermes, pues su propia leyenda es el arma más eficaz del seductor.

—Aún no me ha contado lo que necesito saber sobre Bahía —insistió Foe.

—Me dije a mí misma (¿no se lo he confesado ya alguna vez?): Es como la paciente araña que se sienta en el corazón de su tela a esperar que se acerque su presa. Y cuando luchamos por desasirnos de sus garras y ella abre ya sus fauces para devorarnos y con nuestro postrer aliento proferimos un grito de muerte, entonces esboza una fina sonrisa y nos dice: «Si has venido a hacerme una visita ha sido porque has querido, yo nunca te pedí que vinieras».

A estas palabras siguió un largo silencio.

—Nunca pensé en visitar a aquellos a los que el mar arrojó a las playas.

De pronto acudieron a mi mente estas palabras. ¿Cuál era su significado? Abajo en la calle se oyeron los gritos de una mujer que vociferaba juramentos. Una y otra vez volvía a empezar con su cantinela. Sonreí, no pude evitarlo, y Foe sonrió también.

—En cuanto a Bahía —proseguí—, si hablo tan poco de ella es porque así lo he decidido. La historia que quiero que se dé a conocer es la historia de la isla. Para usted no es más que un simple episodio, pero para mí es una historia por derecho propio. Comienza cuando soy abandonada en la isla y concluye con la muerte de Cruso y con el regreso de Viernes y mío a Inglaterra, llenos de renovadas esperanzas. Dentro de esta historia más amplia se insertan los relatos de cómo fui a parar a la isla (que yo le cuento a Cruso) y el del naufragio del propio Cruso y de sus primeros años en la isla (que Cruso me cuenta a mí), así como la historia de Viernes, que más que una historia propiamente dicha es un enigma o hueco en la narración; yo lo veo como un ojal cuidadosamente pespunteado, pero vacío, esperando el botón. Tomada en su conjunto es una narración con un principio y un final, que incluye también amenas disgresiones, y a la que solo le falta una parte central variada y con entidad propia, esa parte en la que Cruso pasa tantísimo tiempo arando las terrazas y yo deambulando por la playa. Una vez usted me propuso que inventáramos caníbales o piratas para suplir esa parte central. Pero yo no quise aceptar porque era traicionar la verdad. Ahora me propone que reduzcamos la isla a un mero episodio en la historia de una mujer que emprende la búsqueda de su hija desaparecida. Y yo rechazo esto igualmente.

»Se equivoca usted del modo más flagrante al no querer distinguir entre mis silencios y los silencios de alguien como Viernes. Viernes carece del dominio de las palabras y por tanto de defensa ante los deseos de otros de darle una forma nueva cada día. Si yo digo que es un caníbal, pues es un caníbal; si se me antoja decir que es lavandero, es lavandero. ¿Qué es Viernes en realidad? Usted me responderá: no es ni caníbal ni lavandero, esos son nombres meramente y no afectan a su esencia, y él es un ser con entidad propia, él es él mismo, Viernes es Viernes. Pero no es así. No importa lo que él crea ser (¿acaso es algo para sí mismo?, ¿y cómo va a decírnoslo?), para el mundo es lo que yo hago que sea. El silencio de Viernes es, pues, un silencio inerme. Él es hijo de su silencio, un hijo nonato, un hijo que está esperando nacer y que, sin embargo, no puede nacer. Mientras que el silencio que yo guardo en lo que se refiere a Bahía y a otras cuestiones es un silencio deliberadamente elegido por mí: es mi propio silencio. Bahía, puedo asegurárselo, es un mundo en sí misma, y el Brasil un mundo mucho más vasto aún. Ni Bahía ni el Brasil tienen cabida en la historia de una isla, no pueden comprimirse dentro de tan estrechos límites. Le pondré un ejemplo: en Bahía puede usted ver negras que van cargadas con unas bandejas vendiendo dulces por las calles. Le diré cómo se llaman algunos de estos dulces. Hay *pamonhas*, o pastelillos indios de maíz; *quimados*, hechos con azúcar y que en francés se llaman *bon-bons*; *pâo de milho*, pasteles borrachos a base de maíz, y *pâo de arroz*, hechos con arroz; y también *roletes de cana*, o rollos de caña de azúcar. Estos son algunos de los nombres que recuerdo; pero hay infinitas variedades más, todas dulces y sabrosísimas, y en la bandeja de una sola vendedora, en la esquina de cualquier calle, puede usted encontrarlas todas juntas. Piense por un momento en la cantidad de cosas nuevas y sorprendentes que no habrá en esa ciudad rebosante de vida, en la que un gentío inmenso abarrota las calles día y noche, tanto indios desnudos venidos de la selva y dahomeyanos del color del ébano como arrogantes lusitanos y mestizos de todos los colores, donde orondos mercaderes se abren paso en sus literas porteadas por esclavos entre procesiones de flagelantes, enfebrecidos danzarines, vendedores de comestibles y multitudes que se dirigen a las peleas de gallos. ¿Cómo va a poder encerrarse Bahía entre las tapas de un libro? Solo los sitios pequeños y escasamente poblados, como las islas desiertas o las casas deshabitadas, pueden ser sojuzgados y reducidos a palabras. Además, mi hija ya no se encuentra en Bahía, sino que se ha marchado al interior, a un mundo tan vasto y extraño que apenas soy capaz de concebirlo, a ese mundo de llanuras y plantaciones que Cruso dejó tras de sí al partir, de un mundo en el que la hormiga es dueña y señora de todas las cosas y donde cuanto existe inclina la cabeza a su paso.

»Yo no soy, como usted puede ver, uno de esos ladrones o salteadores de caminos suyos que farfullan una confesión y luego son conducidos a punta de látigo a Tyburn, y de allí al silencio eterno, dejándole hacer con sus historias lo que a usted se le antoje. Aún está en mis manos la posibilidad de guiar y corregir. Y sobre todo de callar lo que crea oportuno. Valiéndome de tales recursos me propongo seguir ejerciendo la paternidad de mi propia historia.

Foe tomó la palabra.

–Susan, hay una historia de los días en que fui huésped de Newgate* que me gustaría que oyera. Una mujer condenada por robo, cuando estaban a punto de subirla a la carreta que había de conducirla a Tyburn, pidió un sacerdote para hacer una confesión sincera, pues, según decía, la que antes había

---

* Cárcel londinense en la que, por razones tanto políticas como financieras, Defoe estuvo internado en dos ocasiones. *(N. del T.)*

hecho no lo era. Así que llamaron al capellán. Volvió a confesarle todos los robos de que la habían acusado, y muchísimos más; le confesó un sinnúmero de blasfemias y de actos impuros; confesó haber abandonado a dos de sus hijos y asfixiado a un tercero en la cuna. Confesó que tenía un marido en Irlanda, otro que había sido deportado a las Carolinas y un tercero preso como ella en Newgate, y los tres aún vivos. Confesó con todo lujo de detalles crímenes que había cometido tanto en su infancia como en su pubertad, hasta que al fin, cuando el sol brillaba ya en lo alto de los cielos y el carcelero estaba aporreando la puerta, el capellán la hizo callar. «Me cuesta trabajo creer, señora», le dijo, «que una sola vida haya bastado para cometer todos esos crímenes. ¿Es usted, realmente, tan gran pecadora como quiere hacerme creer?» «Reverendo padre, si no dijera la verdad», respondió la mujer, que, todo hay que decirlo, era irlandesa, «¿no es cierto que estaría profanando el sacramento, y no sería este nuevo pecado más grave aún que los que le acabo de confesar, lo cual me obligaría a una nueva confesión y a una nueva penitencia? Y si no sintiera verdadero arrepentimiento (¿y cómo asegurar que lo es?, cuando miro en mi corazón todo está tan oscuro que no sé qué decir), ¿no sería falsa mi confesión una vez más y doble mi pecado?» Y la mujer habría seguido todo el día confesándose y dando por nula su confesión, y el carretero se habría ido a dar una cabezada y los vendedores de pasteles y el público de la ejecución se habrían vuelto todos a casa, si el capellán, alzando las manos al cielo y con voz tonante, y a pesar de todas sus protestas de que aún no había acabado, no la hubiera dado la absolución y se la hubieran llevado de allí a toda prisa.

—¿Por qué me cuenta esa historia? —inquirí—. ¿Soy yo acaso la mujer a la que ha llegado el momento de llevar al patíbulo y usted el capellán?

—Es usted libre de interpretar la historia como guste —respondió Foe—. Para mí la moraleja de la historia estriba en que siempre llega un momento en que tenemos que rendir al mundo cuentas de nosotros mismos, y, una vez hecho esto, podemos volver a guardar silencio para siempre.

—Para mí la moraleja es que el más fuerte tiene siempre la última palabra. Me refiero al verdugo y a sus ayudantes, tan grandes y tan pequeños a un tiempo. Si yo fuera la mujer irlandesa y supiera a qué intérprete he confiado el relato de mis últimas horas me estaría revolviendo en mi tumba.

—Bien, le contaré otra historia. Una mujer (otra, no la misma) fue condenada a muerte. No recuerdo por qué delito. A medida que se aproximaba el día fatal fue sumiéndose en la mayor desesperación pues no encontraba a nadie que quisiera hacerse cargo de una hija pequeña que tenía con ella en su celda. Finalmente, uno de los carceleros, compadecido de su infortunio, habló con su esposa y ambos convinieron en adoptar a la niña como si fuera hija suya. Cuando la condenada vio a su hijita a buen recaudo en los brazos de su padre adoptivo, se volvió a sus apresores y les dijo «Ahora podéis hacer conmigo lo que queráis. Yo ya he escapado de vuestra prisión; lo que aquí tenéis no es más que el capullo de mí misma», aludiendo, pienso, al capullo que la mariposa rompe al nacer. Esta es una historia de tiempos ya pasados; ahora ya no tratamos a las madres de modo tan bárbaro. Pero la moraleja conserva aún toda su vigencia, y esa moraleja es: no hay una sola, sino muchas maneras distintas de vivir eternamente.

—Señor Foe, yo carezco de esa habilidad suya para sacarse parábolas de la manga una tras otra como hacen los prestidigitadores con las rosas. Hubo un tiempo, lo confieso, en que esperaba hacerme famosa y que las gentes volvieran la cabeza a mi paso y dijeran en voz baja: «Esa que va ahí es Susan Barton, la que naufragó». Pero aquella era una loca ambición, y hace ya mucho tiempo que la descarté. Ahora míreme. Hace dos días que no pruebo bocado. Mi ropa está hecha jirones, mi pelo lacio. Parezco una vieja, una gitana vieja y mugrienta. Duermo en los portales, en los cementerios de las iglesias, bajo los puentes. ¿Cree usted realmente que esta vida de mendiga es la que yo deseo? Con un baño, ropa nueva y una carta de recomendación suya mañana mismo podría colocarme de cocinera en una buena casa, una colocación, si bien se mira, envidiable. Podría volver a llevar en todos los aspectos la vida de un ser real, esa que usted me recomienda. Pero tal clase de vida es abyecta. Es vivir como si uno fuera una cosa. Cualquiera de esas prostitutas que usan los hombres es usada como un ser real. Las olas me recogieron y me arrojaron a la isla, y un año después esas mismas olas llevaron hasta allí un barco que me rescató, y de la verdadera historia de ese año, de esa historia que hay que contemplar en el marco más amplio de los designios de la providencia divina, sigo tan ignorante como un recién nacido. Por eso es por lo que no encuentro reposo, por eso es por lo que le sigo hasta su escondite como si fuera una falsa moneda. ¿Piensa que estaría ahora aquí si no creyera firmemente que es usted el único novio posible de estos desposorios, la persona elegida por el destino para narrar la verdad de mi historia?

»Sin duda conocerá usted, señor Foe, la historia de la Musa. La Musa es una mujer, una diosa, que visita de noche a los poetas y los fecunda con sus historias. Según su testimonio posterior, los poetas aseguran que se presenta en ese justo momento en que son presa de la más sorda desesperación y entonces les insufla el fuego sagrado, tras lo cual, sus plumas, secas durante tanto tiempo, fluyen presurosas. Cuando escribía aquella memoria para usted y veía que en mi pluma la isla se iba convirtiendo en algo insípido, vacuo y carente de vida, deseaba a cada instante que existiese algo parecido a una Musa masculina, un joven dios que visitara de noche a las autoras e hiciera fluir sus plumas raudas y veloces. Pero ahora pienso de modo distinto. La Musa es a un tiempo diosa y progenitora. Yo no estaba destinada a ser madre de mi propia historia, sino a prohijarla. No soy yo la persona elegida por el destino, sino usted. Pero ¿aún tendré que hacer la defensa de mi caso? ¿Cuándo se le ha exigido a nadie que acuda ante un tribunal que presente su demanda valiéndose de silogismos? ¿Por qué habría de exigírseme a mí tal cosa?

Por toda respuesta, Foe cruzó la habitación y volvió con un tarro.

–Son barquillos hechos con pasta de almendras, al gusto italiano –me dijo–. Por desgracia, es todo cuanto le puedo ofrecer.

Cogí uno para probarlo. Era tan delicado que se deshizo en mi lengua.

–Manjar de dioses –señalé.

Foe me sonrió y movió la cabeza. Le ofrecí un barquillo a Viernes, que él cogió con gesto lánguido de mi mano.

–Mi criado Jack debe de estar a punto de llegar –anunció Foe–, cuando venga le mandaré a por nuestra cena.

Siguió un silencio. Miré por la ventana las agujas de los campanarios y los tejadillos circundantes.

–Ha encontrado usted un refugio verdaderamente agradable –comenté–, un auténtico nido de águilas. Yo escribí aquella memoria mía a la luz de una vela, en una habitación que no tenía ventanas y apoyando el papel sobre mis rodillas. Tal vez sea esa la razón de que mi historia resultara tan aburrida, ¿no cree usted?, que mi visión estuviera bloqueada, que no fuera capaz de ver más allá.

–Su historia es quizá un tanto excesivamente reiterativa, pero en modo alguno aburrida –respondió Foe.

–No aburrirá siempre y cuando tengamos presente que se trata de una historia real. Pero como aventura no deja de ser verdaderamente aburrida. Por eso me insistió usted tanto para que incluyera a los caníbales, ¿no es así? –Foe inclinó la cabeza a un lado y a otro con gesto juicioso–. Pero si lo que quiere es un caníbal de carne y hueso ya tiene aquí a Viernes –proseguí–. Mírele. A juzgar por Viernes los caníbales no son mucho menos aburridos que los ingleses.

–Estoy seguro de que pierden toda su vivacidad cuando se les priva de carne humana –replicó Foe.

Alguien llamó a la puerta y entró el chiquillo que nos había guiado hasta la casa.

–¡Bienvenido, Jack! –le saludó Foe–. La señora Barton, a

quien ya conoces, va a quedarse a cenar con nosotros, así que hoy has de pedir doble ración. —Cogió el monedero y le dio dinero a Jack.

—No se olvide de Viernes —le recordé.

—¡Por supuesto que no! Y otra ración para Viernes, su criado, ¡faltaría más! —añadió Foe. El chiquillo se marchó—. A Jack lo encontré en medio de todos esos huérfanos y niños abandonados que duermen en los vertederos de ceniza de la fábrica de cristal. Tiene solo diez años, según sus propios cálculos, y ya es un carterista más que notable.

—¿Y usted no hace nada por enmendarle? —inquirí.

—Convertirle en alguien honrado equivaldría a condenarle a trabajar en los talleres —contestó Foe—. ¿Le gustaría ver a un niño metido en un taller por el capricho de unos cuantos pañuelos más?

—No, desde luego, pero usted le está preparando para el patíbulo —le contesté—. ¿No podría tomarlo a su servicio, enseñarle a leer y escribir y colocarle luego de aprendiz?

—Si siguiera su consejo, dígame, ¿cuántos aprendices sacados por mí del arroyo tendría en estos momentos durmiendo por el suelo? —preguntó Foe—. Me tomarían por el jefe de una banda de ladrones y sería a mí a quien mandarían al patíbulo. Jack vive su propia vida, una vida mejor que cualquiera que yo le pudiera proporcionar.

—También Viernes tiene su propia vida —contesté—, pero esa no es razón para que le dejara suelto por las calles.

—¿Y por qué no? —preguntó Foe.

—Porque es un ser indefenso —respondí—. Porque Londres le es extraño. Porque le tomarían por un esclavo fugitivo, lo venderían de nuevo y le deportarían a Jamaica.

—¿Y no podrían ser los de su propia raza los que se hicieran cargo de él, y le cuidaran y dieran de comer? —sugirió Foe—. En Londres hay muchos más negros de lo que usted se piensa. Dese un paseo por Mile End Road en una tarde de verano, o por Paddington, y ya verá. ¿No sería Viernes más feliz en compañía de otros negros? Podría ganarse unos peniques tocando en una banda callejera. Hay muchas bandas que van tocando por las calles. Yo incluso podría regalarle mi flauta.

Miré a Viernes de soslayo. ¿Me equivocaba o brillaba en sus ojos un destello de comprensión?

—¿Entiendes lo que dice el señor Foe, Viernes? —le pregunté. Respondió a mi mirada con ojos inexpresivos.

—O si en Londres tuviésemos esas lonjas de contratación que tienen al oeste del país —prosiguió Foe—, Viernes podría ponerse a la cola con su azadón al hombro, y que le contrataran como jardinero, y no habría más que hablar.

Jack regresó trayendo una bandeja cubierta que despedía un olor sumamente apetitoso. Dejó la bandeja sobre la mesa y le dijo unas palabras a Foe al oído.

—Déjanos solos unos minutos y luego hazlas pasar —le contestó Foe; y volviéndose hacia mí—: Tenemos visita, pero antes vamos a comer.

Jack había traído carne asada en su jugo, una barra de pan de tres peniques y una jarra de cerveza. Como no había más que dos platos, Foe y yo comimos primero, y luego llené otra vez el mío y se lo pasé a Viernes.

Llamaron a la puerta. Foe abrió. La luz descubrió la silueta de la muchacha a la que yo había abandonado en el bosque de Epping; tras ella, en la sombra, había otra mujer. Mientras yo permanecía de pie, estupefacta, la joven cruzó la habitación, me rodeó con sus brazos y me dio un beso en la mejilla. Un humor frío recorrió mi cuerpo y por un momento pensé que me iba a desplomar en el suelo.

—Y esta es Amy —presentó la muchacha—. Amy de Deptford, mi niñera cuando yo era pequeña.

Me martillearon los oídos, pero aún tuve fuerzas para enfrentarme a Amy. Vi a una mujer delgada y de rostro afable, más o menos de mi edad, y con cabellos rubios y rizados que asomaban por debajo de una cofia.

—Encantada de conocerla —murmuré—, pero estoy segura de que nunca la había visto a usted antes en toda mi vida.

Alguien me tocó el brazo. Era Foe: me llevó hasta una silla, hizo que me sentara y me alargó un vaso de agua.

—Es solo un mareo pasajero —expliqué.

Él asintió con la cabeza.

—Bien, ya estamos todos juntos —exclamó Foe—. Susan, Amy, tomen asiento por favor. —Les señaló la cama. Jack estaba de pie junto a Foe mirándome con ojos llenos de curiosidad. Foe encendió otra lámpara y la puso sobre la repisa de la chimenea—. Jack nos traerá enseguida carbón para encender el fuego, ¿verdad, Jack?

—Sí, señor —respondió el chiquillo.

Finalmente fui capaz de articular palabra.

—Se está haciendo tarde, Viernes y yo no podemos quedarnos por más tiempo —señalé.

—Pero no puede marcharse ahora —exclamó Foe—. No tienen adónde ir; además, ¿cuándo ha estado usted en semejante compañía?

—Nunca —contesté—. Desde luego, nunca en mi vida he estado en semejante compañía. Creía que esto era una casa de habitaciones de alquiler, pero ahora me doy cuenta de que es un centro de reunión de actores. Señor Foe, sería perder el tiempo si le dijese que estas dos mujeres son para mí unas perfectas desconocidas, porque sé que todo lo que contestaría es que soy yo quien se ha olvidado de ellas, y ellas a su vez, a instancias suyas, se embarcarían luego en prolijas historias de un pasado en el que sin duda pretenderán que también yo jugué un papel.

»¿Y qué puedo hacer, sino negar que tal cosa sea cierta? Conozco tan bien como usted las múltiples, las infinitas formas que existen de engañarnos a nosotros mismos. Pero ¿cómo podríamos seguir viviendo si ni siquiera supiéramos quién somos y qué hemos sido? Si yo fuera tan complaciente como usted quiere que sea, si estuviera dispuesta a admitir (por más que crea que mi hija fue tragada por las inmensas llanuras brasileñas), que es posible igualmente que lleve un año entero en Inglaterra y que esté ahora mismo en esta habitación, en una forma en que no me es posible reconocerla (pues la hija que recuerdo era alta, tenía los cabellos oscuros y un nombre distinto al mío), si yo fuera como una botella que flota a merced de las olas con un trozo de papel escrito en su interior, que tanto podría ser el mensaje de algún niño que se entretenga pescando en un canal como el de un marinero a la deriva en alta mar, si yo no fuera más que un mero receptáculo que pudiera rellenarse con las más peregrinas historias que quieran atribuirme, estoy segura de que usted me apartaría de su lado y en su fuero interno se preguntaría: Pero ¿esto es una mujer o un castillo de palabras, hueco, sin vida propia?

»Yo, señor Foe, no soy una historia. Tal vez pude darle esa falsa impresión al comenzar mi relato sin ningún preámbulo, deslizándome por la borda al agua y nadando hacia la playa. Pero mi vida no surgió de las olas. Anterior a esas olas hay una vida en la que habría que remontarse al período de mis desdichadas búsquedas en el Brasil, y antes aún a los años en que mi hija estaba todavía conmigo, y así sucesivamente hasta llegar al día de mi nacimiento. Y todo ello constituye una historia que yo he decidido no contar. Y he decidido no contarla porque a nadie, ni siquiera a usted mismo, tengo que presentar ninguna prueba de que soy un ser con entidad propia y con una historia personal relevante para el mundo. Y por tanto prefiero hablarle de la isla, de mí, de Cruso y de Viernes, y de lo que hacíamos allí los tres: porque soy una mujer libre que afirma su libertad contando su propia historia tal y como es su deseo.

Casi sin aliento, hice una pausa. Vi que tanto la muchacha como Amy, la doncella, me miraban fijamente, incluso con algo en su mirada que hubiera podido interpretarse como simpatía. Foe asentía con la cabeza como animándome a continuar. El chiquillo permanecía inmóvil con el cubo de carbón en la mano. Hasta Viernes tenía sus ojos fijos en mí.

Crucé la habitación. Mientras me dirigía hacia la muchacha observé que mi creciente proximidad no producía en ella el menor titubeo. ¿A qué otra prueba puedo someterla?, pensé. Y entonces, estrechándola en mis brazos, la besé en los labios y sentí cómo ella no solo no oponía ninguna resistencia, sino que respondía a mi beso casi como se responde al beso de un amante. ¿Es que esperaba que se disolviera al tocarla, que su carne se desmoronara y flotara en el aire como papel hecho cenizas? La apreté con fuerza, hundiendo mis dedos en sus hombros. ¿Podía ser aquella la carne de mi hija? Al abrir los ojos vi que el rostro de Amy se cernía solo unas pulgadas del mío, con los labios entreabiertos como esperando también un beso.

—No se parece a mí en nada —murmuré. Amy negó con la cabeza.

—Ella es la verdadera hija de sus entrañas —replicó—. Es idéntica a usted, pero es un parecido oculto. —Yo volví a mi sitio.

—No estoy hablando de parecidos ocultos —le contesté—. Hablo de ojos azules y de cabellos de color castaño, por no hacer mención también, pues no es mi deseo herir a nadie, de esa dulce e indefensa boquita.

—Ella es hija de su padre como lo es de su madre —añadió Amy.

Y a punto estaba ya de replicarle que si la joven era hija de su padre, en ese caso el padre en cuestión debía ser lo más opuesto a mí que se pudiera uno imaginar, y que no es con nuestros contrarios con quienes nos casamos, sino con hombres que de un modo sutil son como nosotras, cuando de repente tuve la impresión de que lo más probable es que todas estas disquisiciones hubieran sido un gasto inútil de saliva, pues lo que aquel brillo de los ojos de Amy dejaba traslucir verdaderamente no era tanto simpatía como locura.

—Señor Foe —le dije volviéndome a él, y ahora sí que creo que la desesperación asomaba a mi semblante, y él lo vio perfectamente—, ya ni sé qué casa es esta a la que he venido a parar. Me digo a mí misma que esta niña que está aquí, y que dice llamarse como yo, es un fantasma, un fantasma de carne y hueso, si es que tal cosa puede existir, que me persigue por razones que no acierto a comprender, y que trae a remolque suyo otros fantasmas. Se hace pasar por la hija que yo perdí en Bahía, me digo, y es usted quien la envía para consolarme; pero su falta de experiencia a la hora de invocar fantasmas ha hecho que llamara a uno que no se parece a mi hija ni en el más mínimo detalle. O tal vez es que usted, íntimamente convencido de que mi hija está muerta, ha invocado a su fantasma y le han adjudicado uno que lleva casualmente mi mismo nombre, y que viene además con ayudante. A eso es a lo que llegan mis conjeturas. En cuanto al chiquillo, la verdad es que ni puedo decir si es también un fantasma o no, ni creo que eso importe gran cosa.

»Pero si estas mujeres son criaturas suyas que me visitan siguiendo sus instrucciones y recitándome las palabras que usted les ha enseñado, en tal caso, ¿quién soy yo?, y voy aún más lejos, ¿quién es usted mismo? Cuando me presenté a usted lo hice con palabras que sabía que eran mías y de nadie más (me deslicé por la borda al agua, empecé a nadar, mis cabellos flotaban a mi alrededor, etcétera, etcétera, las recuerda, ¿no?) y durante mucho tiempo después de aquello, cuando le escribía todas esas cartas que usted nunca leyó, que más adelante ya ni me molesté en enviarle, y que por último, dejé incluso de escribir, siempre seguí teniendo fe en mi propia autoría.

»Pero ahora, en la misma habitación en la que está usted, donde ya no hay ninguna necesidad de que siga relatándole mis acciones una por una (¡aquí me tiene, delante de sus ojos!, ¡y no es usted ciego!), sigo describiendo y explicándolo todo. ¡Escuche! ¡Oiga cómo describo la escalera sin luz, la habitación vacía de muebles, la alcoba tapada por esas cortinas, cosas todas que le son mil veces más familiares a usted que a mí; y luego describo su aspecto y el mío, y repito sus palabras y las mías. Pero ¿por qué hablo, a quién le hablo, cuando no hay ninguna necesidad de decir nada?

»En un principio pensé que una vez que hubiera acabado de contarle la historia de la isla podría volver a mi vida de antaño. Pero ahora es mi propia vida la que se convierte en relato novelesco, y ya no me queda ni eso tan siquiera. Antes yo creía ser yo misma y pensaba que esta muchacha era una criatura de un orden distinto que recitaba las palabras que usted ponía en su boca. Pero ahora estoy llena de dudas. La duda es todo cuanto me queda. ¿Seré la duda personificada? ¿Quién habla por mi boca? ¿Seré un fantasma también? ¿A qué orden pertenezco? Y usted, ¿quién es usted?

Durante toda mi disertación, Foe había permanecido de pie junto a la chimenea completamente inmóvil. Yo esperaba una respuesta, pues nunca le había visto falto de palabras. Pero en vez de contestar, sin ningún preámbulo, se acercó a mí, me estrechó en sus brazos y me dio un beso; y del mismo modo que antes la muchacha, sentí que mis labios respondían a su beso (¿a quién le estoy haciendo esta confesión?) como habrían respondido los labios de cualquier mujer a los de su amante.

¿Era esa su respuesta, que él y yo éramos un hombre y una mujer, y que ser hombre y mujer es algo que está más allá de las palabras? De ser así, era una respuesta bien poco convincente, una demostración más que una respuesta, y no habría satisfecho a ningún filósofo. Amy, la muchacha y Jack sonreían con una sonrisa aún más amplia que antes. Falta de aliento, me libré de sus brazos.

–Hace mucho tiempo, señor Foe –le dije–, usted escribió la historia de una mujer (la encontré en su biblioteca y se la leí a Viernes para pasar el rato) que pasaba una tarde conversando con una amiga suya muy querida, y al irse le daba un abrazo y se despedía de ella hasta la fecha en que habían acordado verse de nuevo. Pero la amiga (ella aún lo ignoraba) había fallecido el día anterior a muchas millas de distancia, y, por tanto, había pasado la tarde conversando con un fantasma. La recuerda, ¿verdad?, es la historia de la señora Barfield. Por lo cual deduzco que usted es consciente de que los fantasmas pueden sostener una conversación con nosotros, e incluso abrazamos y besamos también.

–Mi dulce Susan –contestó Foe, y cuando le oí pronunciar estas palabras me fue imposible seguir mirándole con aquella severidad; en muchos años nadie me había llamado nunca «dulce Susan». Desde luego Cruso jamás lo había hecho–. Mi dulce Susan, en cuanto a quién de los aquí presentes sea un fantasma y quién no, es algo sobre lo que no tengo nada que decir: esa es una cuestión que hemos de contemplar todos en silencio, en la actitud de un pájaro que se ve de pronto ante una serpiente, y confiar en que no nos devore.

»Pero si usted no puede desembarazarse de sus dudas, voy a decirle algo que le hará sentirse más aliviada. Enfrentémonos a aquello que más tememos, es decir, al hecho de que todos nosotros hayamos sido traídos al mundo desde órdenes distintos (y que ya hemos olvidado) por un prestidigitador al que desconocemos, de la misma forma que yo me he sacado de la manga, como usted dice, a esa hija suya y a la mujer que viene con ella, aunque le aseguro que no es así. Pero mi pregunta es esta: ¿Es que habremos perdido por ello nuestra libertad? ¿Es que por esa razón es usted, por poner a alguien como ejemplo, menos dueña de su propia vida? ¿Es que, si así fuera, habríamos de convertirnos necesariamente en marionetas de una historia cuyo fin último se nos escapa y hacia el cual marchamos como reos convictos y confesos? Tanto usted como yo sabemos, aunque nuestra experiencia sea bien distinta, hasta qué punto el escribir no es sino mera divagación. Nos sentamos a mirar por la ventana, pasa una nube en forma de camello, y antes de que podamos damos cuenta nos hemos transportado en alas de nuestra fantasía a los arenales de África y ya está nuestro héroe (que no es otro que nosotros mismos disfrazados) cruzando su cimitarra con algún bandido moro. Pasa otra nube que se asemeja a la silueta de un barco y en un abrir y cerrar de ojos nos vemos arrojados llenos de angustia a alguna isla desierta. ¿En qué nos fundamos para creer que la vida que nos toca vivir responda a un plan mejor trazado que todas esas caprichosas aventuras?

»Ya sé que va usted a decirme que los héroes y heroínas de las aventuras son gente sencilla, incapaz de plantearse esas dudas que usted se plantea respecto a su propia vida. Pero ¿no se ha parado a pensar que, tales dudas, quizá sean parte de la historia que está usted viviendo, sin mayor peso específico por lo demás que cualquier otra de sus aventuras? Me limito a plantear la cuestión simplemente.

»Créame si le digo que en mi vida de escritor a menudo me he visto perdido en el laberinto de la duda. Pero he aprendido un truco que consiste en plantar una señal o mojón en el terreno que piso, para así, en mis futuras andanzas, tener siempre un punto al que regresar y no verme más perdido de lo que lo estoy. Después de plantarlo lo hundo para que quede bien clavado; cuantas más veces vuelvo a donde está la señal (que es para mí un signo de mi ceguera y de mi incapacidad), con más claridad veo que me he perdido y mas ánimos me da el hecho de haber sabido encontrar el camino de vuelta.

»¿Se ha parado a pensar (y con esto termino) que en sus andanzas tal vez haya usted también dejado algo parecido a su paso; o, si prefiere creer que no es dueña de su propia vida, que alguien haya plantado por usted alguna señal de ese tipo, algún signo de esa ceguera de la que antes le hablaba; o que, a falta de un plan mejor, siempre podría, en su búsqueda de una salida al laberinto (si es que realmente está usted extraviada y confundida) partir de ese punto y volver a él tantas veces como necesite hasta que al final descubra que ya está a salvo?

En ese momento, Foe distrajo su atención hacia Jack, que llevaba un buen rato tirándole de la manga. Intercambiaron unas cuantas palabras en voz baja; Foe le dio algún dinero y, con un festivo «¡Buenas noches!» Jack se despidió y se fue. Entonces la señora Amy miró su reloj y exclamó que se había hecho tardísimo.

—¿Vive usted lejos? —le pregunté. Me miró de un modo extraño.

—No —contestó—, lejos no, nada lejos.

La muchacha no parecía muy dispuesta a irse, pero yo la volví a abrazar y a besar de todos modos, cosa que pareció alegrarla. Sus comparecencias, o apariciones, o lo que fuesen, ahora que la iba conociendo mejor me turbaban mucho menos.

—Ven, Viernes —le dije—. Ya es hora de que nos vayamos nosotros también.

Pero Foe se opuso.

—Si quisiera quedarse a pasar la noche aquí, me haría el mayor de los honores —aseguró—. Además, ¿dónde, si no, va a encontrar una cama para dormir?

—Mientras no llueva siempre disponemos de un centenar de camas para escoger, aunque todas bastante duras —le respondí.

—En tal caso quédese conmigo —insistió Foe—. Por lo menos aquí dispondrá de una cama bien mullida.

—¿Y Viernes?

—Viernes que se quede también —me contestó.

—Pero ¿dónde va a dormir Viernes?

—¿Y dónde quiere que duerma?

—No puedo quedarme yo y mandarle a él a la calle —insistí.

—Por supuesto que no —me contestó.

—¿Puede dormir entonces en esa alcoba? —le pregunté, señalando el rincón que estaba tapado por las cortinas.

—Claro que sí —respondió.

—Le pondré una estera en el suelo, y también un almohadón.

—Con eso es suficiente —contesté.

Mientras Foe preparaba la alcoba, desperté a Viernes.

—Ven, Viernes, hoy tenemos una casa para pasar la noche —le dije al oído—, y con un poco de suerte mañana podremos hacer otra comida.

Le mostré dónde iba a dormir y corrí las cortinas. Foe apagó la luz y oí cómo empezaba a desnudarse. Yo vacilé unos instantes, preguntándome qué auguraría para la conclusión de mi libro aquella inesperada intimidad con su autor. Oí crujir los muelles de la cama.

—Buenas noches, Viernes —le dije en un susurro—. Y no te preocupes por tu ama ni por el señor Foe, todo está bien.

Luego me desnudé quedándome con la camisa, me solté los cabellos y me deslicé entre las sábanas.

Permanecimos un rato en silencio, Foe en su lado y yo en el mío. Finalmente Foe rompió a hablar.

—A veces me pregunto qué sería de las criaturas de Dios si nunca tuviesen sueño. Si nos pasáramos toda la vida despiertos, ¿seríamos mejores o peores?

Para este extraño preámbulo no encontré ninguna respuesta.

—Quiero decir —prosiguió—, si no tuviéramos que descender todas las noches al fondo de nosotros mismos y encontrarnos allí con lo que nos encontramos, ¿seríamos mejores o seríamos peores?

—¿Y qué es lo que nos encontramos? —inquirí.

—El lado oscuro de nuestro ser, y también otros fantasmas. —Y luego, abruptamente, me preguntó—: Usted duerme, ¿no, Susan?

—Sí, y duermo muy bien, a pesar de todo —repliqué.

—¿Y en su sueño no se topa usted con fantasmas?

—Sueño, pero a las visiones que se me aparecen en sueños no las llamaría fantasmas.

—Y entonces, ¿qué son?

—Son recuerdos, recuerdos rotos, entremezclados y distorsionados de mis horas de vigilia.

—¿Y son reales?

—Tan reales o tan poco reales como los recuerdos mismos.

—Una vez leí a un autor italiano acerca de cierto individuo que visitaba o soñó que visitaba el Infierno —prosiguió Foe—. Allí se encontró con las almas de los muertos. Una de aquellas almas lloraba desconsoladamente. «Mortal, no creas», le dijo el alma dirigiéndose a él, «que porque yo no sea un ser de carne y hueso mis lágrimas no son fruto de un dolor auténtico.»

—¿Un dolor auténtico? Desde luego, pero ¿de quién? —pregunté—. ¿Del fantasma o del italiano? —Alargué las manos y estreché las de Foe entre las mías—. Señor Foe, ¿sabe usted realmente quién soy yo? Un día que usted salía a toda prisa le abordé bajo la lluvia y le entretuve con la historia de una isla que, tal vez, hubiese usted preferido no oír jamás.

—Está usted completamente equivocada, querida amiga —me interrumpió Foe abrazándome.

—Usted me aconsejó que la pusiera por escrito —proseguí—, esperando, tal vez, que fuera un relato de sangrientas hazañas en alta mar o que reflejara las costumbres licenciosas de los brasileños.

—¡No es verdad, no es verdad! —protestó Foe riéndose y dándome otro abrazo—. ¡Usted despertó mi curiosidad desde el primer momento, yo estaba ansioso por oír cualquier cosa que usted quisiera contarme!

—Pero no, yo le persigo con esta insulsa historia mía y le castigo obligándole a oírmela contar una vez más en este refugio tan recóndito que se ha buscado. Y traigo arrastrando en pos de mí a esas dos mujeres, como fantasmas que persiguieran a otro fantasma, como pulgas montadas sobre otra pulga. Es eso lo que piensa, ¿verdad?

—Y siguiendo su argumentación, ¿por qué motivo habría usted de perseguirme, Susan?

—Por su sangre. ¿No es esa la razón por la que siempre regresan los fantasmas, para beber la sangre de los vivos? ¿No es esa la verdadera razón por la que las sombras recibieron al italiano con los brazos abiertos?

En vez de responder, Foe volvió a besarme, y al hacerlo me dio tal mordisco en el labio que proferí un grito y me eché a un lado. Pero él me estrechó con fuerza y sentí cómo chupaba la herida.

—Así es como yo hago presa entre los vivos —murmuró.

Luego se echó encima de mí, y por un momento me creí de nuevo en los brazos de Cruso; pues ambos tenían la misma edad, y sin ser fornidos los dos eran hombres igualmente bien dotados; y su forma de conducirse con una mujer asombrosamente parecida. Cerré los ojos intentando retornar a la isla, al viento y al rumor de las olas; pero no, la isla había desaparecido, mil leguas de líquida inmensidad la separaban de mí.

Traté de calmar a Foe.

—Permítame —le dije en un susurro—, la primera noche me corresponde un privilegio que no dudo en reclamar. —Le ayudé a ponerse debajo de mí. Luego me despojé de la camisa y me senté a horcajadas sobre él, postura que en una mujer no pareció hacerle mucha gracia—. Así es como se comporta la Musa cuando visita a los poetas —le dije al oído, y noté cómo mis miembros iban perdiendo algo de su inicial rigidez.

—Como cabalgada preparatoria no está mal —exclamó Foe cuando me hube acomodado—. Tengo todos los huesos descoyuntados, he de tomar aliento antes de proseguir.

—Siempre que la Musa le visita a uno hay que cabalgar duro y tendido —le repliqué—. Ella ha de hacer cuanto esté en su mano para prohijar a su prole.

Foe se quedó inmóvil tan largo rato que pensé que ya se había dormido. Pero, justo cuando yo también empezaba a sentir los efectos del sueño, rompió su silencio:

—Usted escribió que su criado Viernes había ido remando en un bote hasta los bancos de algas. Esos grandes bancos de algas marinas son la guarida de una bestia a la que los marineros llaman el *kraken*, ¿ha oído hablar de él?, con brazos tan gruesos como los muslos de un hombre y de una longitud de muchas yardas, y un pico como el de las águilas. Me imagino al *kraken* tendido en el fondo del mar mirando fijamente al cielo por entre las enmarañadas frondas de algas, con sus múltiples brazos arrollados a su cuerpo, siempre al acecho. Es hacia esa órbita terrible adonde Viernes conduce su frágil embarcación.

Qué pudo llevar a Foe a hablar de monstruos marinos a tales horas de la noche es algo que ignoro, pero seguí callada.

—Si hubiera aparecido un brazo gigantesco, se hubiera enroscado a Viernes y sin hacer el menor ruido le hubiera sepultado bajo las olas, para no volver a emerger nunca más, ¿no se habría usted sorprendido? —me preguntó.

—¿Un brazo monstruoso que surge de las profundidades? Sí… desde luego que me habría sorprendido. Me habría mostrado sorprendida y un tanto incrédula.

—Pero ¿no le habría sorprendido ver a Viernes desaparecer de la superficie de las aguas, de la faz de la tierra? —musitó Foe. Luego pareció que volvía a quedarse profundamente dormido—. Usted dice —prosiguió, haciéndome despertar sobresaltada—, usted dice que él dirigió el bote hacia el lugar donde el barco se había ido a pique, barco que bien podemos sospechar que era un barco negrero, y no un simple buque mercante, como Cruso pretendía. Pues bien, imagínese a centenares de sus compañeros de esclavitud, o sus esqueletos, para ser más exactos, encadenados aún al casco del buque hundido, con todos esos alegres pececillos de los que usted hablaba deslizándose por las cuencas vacías de sus ojos y por esas huecas cavidades que una vez encerraron sus corazones. Imagínese a Viernes mirándolos fijamente desde arriba, arrojándoles capullos y pétalos que flotan unos breves instantes, y luego se hunden y van a posarse sobre los huesos de los muertos.

»¿No le sorprende en estos dos episodios esa llamada que Viernes recibe de las profundidades, llamada o amenaza, que también podría ser ese el caso? Y, sin embargo, Viernes no sucumbe. En su minúsculo bote flota sobre lo que es nada menos que la mismísima piel de la muerte y sale ileso.

—No era un bote, sino un simple madero —observé.

—En toda historia siempre hay, en mi opinión, algún silencio, alguna mirada oculta, una palabra que se calla. Hasta que no hayamos dado expresión a lo inefable no habremos llegado al corazón de la historia. Y yo pregunto: ¿cómo es que Viernes, que llevaba en la isla una vida exenta de todo riesgo, se sintió de pronto impulsado a arrostrar tan tremendos peligros y salió de la prueba sano y salvo?

La pregunta me pareció un tanto quimérica. No supe qué responder.

—He dicho el corazón de la historia —prosiguió Foe—, pero debería mejor haber dicho el ojo, el ojo de la historia. Viernes surca remando en su madero la oscura pupila, o la cuenca vacía, de un ojo que le mira fijamente desde el fondo del mar.

La surca a golpe de remo y sale ileso de la prueba. Y es a nosotros a quienes deja la tarea de descender al interior de ese ojo. Si no lo hiciéramos seríamos como él, nos limitaríamos a surcar la superficie, arribaríamos a la costa sin habernos enterado de nada, reanudaríamos nuestras vidas de antaño, y dormiríamos sin sueños, como hacen los niños pequeños.

—O tal vez fuera una boca —interrumpí—. Sin saberlo, Viernes surcó una enorme boca, o pico, como usted ha dicho, que se había abierto para devorarle. A nosotros nos corresponde, por seguir empleando una imagen, descender al interior de esa boca. A nosotros nos corresponde abrir la boca de Viernes y oír lo que suene en su interior; nada más que silencio, tal vez, o quizá un rumor, como el rumor de una caracola de mar cuando nos la acercamos al oído.

—Sí, eso también —exclamó Foe—. Yo me refería a algo distinto, pero eso también, también. Hemos de hacer que tanto el propio silencio de Viernes como todo ese silencio que le envuelve nos hable finalmente.

—Pero ¿quién va a hacerlo? —pregunté—. Es muy fácil estar acostado en la cama y decir lo que hay que hacer, pero ¿quién va a zambullirse para llegar hasta el casco del buque hundido? En la isla yo le dije a Cruso que el más indicado era Viernes, con una cuerda atada a la cintura para mayor seguridad. Pero, dado que Viernes nunca podría contarnos lo que hubiera visto, ¿no estará encarnando Viernes en mi historia el personaje, o esbozo de personaje, de algún otro nadador que no fuera él mismo?

Foe no contestó a mi pregunta.

—Todos los esfuerzos que he hecho por aproximar a Viernes al lenguaje, o por aproximar el lenguaje a Viernes, han fracasado —proseguí—. Sus únicos medios de expresión son la música y la danza, que son respecto al habla lo que los lloros y los gritos respecto a las palabras. A veces me pregunto si en su vida anterior llegó a tener algún dominio del lenguaje, por mínimo que fuera, si sabe siquiera qué es el lenguaje.

—¿Le ha enseñado usted a escribir? —me preguntó Foe.

—Pero ¿cómo va a escribir si ni siquiera sabe hablar? Las letras son el espejo de las palabras. Cuando escribimos, aunque parezca que lo hacemos en silencio, nuestra escritura no es sino la manifestación de una voz que nos habla, bien desde dentro, bien desde fuera de nosotros mismos.

—Viernes, no obstante, tiene dedos. Y si tiene dedos puede formar letras. La escritura no tiene por qué estar condenada a ser la sombra de la palabra hablada. Ponga atención cuando esté usted escribiendo y verá que hay veces en que las palabras parecen tomar forma por sí solas en el papel, *de novo*, como gustaban de decir los romanos, como si brotasen de nuestros más íntimos silencios. Estamos acostumbrados a creer que Dios creó nuestro mundo mediante el Verbo; pero, en vez de la palabra hablada, pregunto yo, ¿por qué no pudo valerse de la escrita?, ¿no escribiría, acaso, una Palabra tan larga, tan larga, que aún no hemos llegado a su término? ¿No podría ser que Dios escribiera incesantemente el mundo, el mundo y todo lo que este contiene?

—Que el escribir pueda, o no, ir tomando forma por sí solo a partir de la nada es algo que no estoy facultada para decir —le contesté—. Tal vez sea así en el caso de ciertos autores; en el mío, desde luego, no lo es. Pero volviendo a Viernes, mi pregunta es esta: ¿cómo va a enseñársele a escribir cuando en su interior, en su corazón, no hay palabras que la escritura pueda reflejar, sino tan solo un torbellino de sentimientos y de impulsos? En cuanto a que Dios escriba, mi opinión es esta: si lo hace, se vale de un código secreto que a nosotros, que somos parte integrante de esa escritura, no nos es dado descifrar.

—No podemos descifrarlo, de acuerdo, eso es también parte de lo que yo quería decir, puesto que somos nosotros mismos aquello que él escribe. Nosotros, o al menos algunos de nosotros; puede darse el caso de que alguno más que ser escritos, simplemente seamos; o, por el contrario, y cuando digo esto pienso en Viernes principalmente, que sea un autor distinto y más oscuro el que nos esté escribiendo. Pero, sea como fuere, la escritura de Dios se presenta como un ejemplo de escritura independiente del habla. El habla no es más que el medio por el cual una palabra puede ser dicha, no es la palabra misma. Viernes carece de habla, de acuerdo, pero tiene dedos, y esos dedos son los medios con los que él ha de valerse. Y aunque no tuviera dedos en las manos, aunque los tratantes de esclavos se los hubieran cortado todos en rodajas, siempre podría sujetar una barra de carboncillo con los dedos de los pies o con los dientes, como hacen los mendigos del Strand. Hasta el mosquito zancudo, que no es más que un insecto y es mudo, traza el nombre de Dios en la superficie de las charcas, o eso al menos dicen los árabes. No hay nadie tan incapacitado que no pueda escribir.

Viendo que discutir con Foe era algo tan ingrato como lo había sido con Cruso, guardé silencio y al poco se quedó dormido.

No sé si fue porque extrañaba el entorno, o por la presión que el cuerpo de Foe ejercía sobre el mío, pero lo cierto es que, aunque estaba agotada, no pude conciliar el sueño. Cada hora oía al sereno, abajo en la calle, llamando a las puertas; oía, o creía oír, el correteo de unas patas de ratón sobre la tarima del suelo. Foe empezó a roncar. Soporté sus ronquidos hasta que ya no pude más; entonces me levanté sin hacer ruido de la cama, me puse la camisa y me asomé a la ventana para contemplar los tejados bañados por la luz de las estrellas, preguntándome cuánto quedaría aún para que se hiciera de día. Me acerqué a la alcoba de Viernes y descorrí la cortina. En aquella negrura de alquitrán, ¿dormía, o estaba acaso despierto mirándome fijamente? Me llamó de nuevo la atención la levedad de su respiración. Si no fuese por aquel olor tan suyo, que al principio pensé que era olor a humo de madera quemada, pero que luego ya identifiqué como su propio olor, soñoliento y acogedor, se hubiera dicho que al caer la noche se desvanecía sin dejar rastro. De pronto sentí una profunda añoranza de la isla. Con un suspiro dejé caer de nuevo la cortina y me volví a la cama. El cuerpo de Foe parecía inflarse mientras dormía; apenas me quedaba un palmo de cama en que acostarme. Recé por que se hiciera pronto de día, y en ese preciso instante me quedé dormida.

Cuando abrí los ojos, la luz entraba a raudales y Foe estaba sentado en su escritorio, con la espalda vuelta hacia mí, escribiendo. Me vestí y fui silenciosamente hasta la alcoba. Viernes estaba echado sobre su estera enfundado en su toga escarlata.

—Ven, Viernes —le dije en un susurro—. El señor Foe está trabajando y hemos de dejarle solo.

Pero antes de que llegáramos a la puerta, Foe nos llamó.

—Susan, ¿no se olvida de lo de escribir? ¿Se ha olvidado de que tiene que enseñarle a Viernes las primeras letras? —me preguntó. Y me tendió una pequeña pizarra de escolar y un lápiz—. Vuelvan a mediodía, y que Viernes nos haga una demostración de lo que ha aprendido. Tome esto para que desayunen. —Y me dio seis peniques, que, aunque como pago por una visita de la Musa no me pareció un alarde de esplendidez, acepté.

Desayunamos, pues, muy cumplidamente a base de pan recién hecho y leche fresca, y luego encontramos un sitio al sol para sentarnos en el jardincillo de una iglesia.

—Viernes, intenta seguirme lo mejor que puedas —le dije—. La naturaleza no me ha llamado para maestra, me falta paciencia. —En la pizarra dibujé una casa con una puerta y ventanas y una chimenea, y debajo escribí las letras «c-a-s-a»—. Este es el dibujo —le dije señalándole el dibujo—, y esta la palabra.

Fui articulando los sonidos de la palabra «casa» uno por uno, señalándole las letras respectivas las pronunciaba, y luego le cogí el dedo a Viernes y lo guié siguiendo las letras mientras repetía la palabra; y finalmente puse el lápiz en su mano y fui guiándosela para que escribiera «c-a-s-a» debajo de la «c-a-s-a» que yo había escrito. Luego borré la pizarra para que no quedara más dibujo que el que Viernes conservara grabado en su mente, y volví a guiar su mano para que escribiera la palabra una tercera y una cuarta vez, hasta que toda la pizarra estuvo llena de letras. Entonces la borré de nuevo.

—Ahora, Viernes, hazlo tú solo —le dije.

Y Viernes escribió las cuatro letras de «c-a-s-a», o cuatro palotes que podían pasar aceptablemente por las letras respectivas: que fueran verdaderamente las cuatro letras, que representasen la palabra «casa», el dibujo que yo le había hecho, y la cosa misma, es algo que solo él sabía.

Luego dibujé un barco con las velas desplegadas y le hice escribir «barco», y luego empecé a enseñarle «África». África la representé mediante una fila de palmeras y un león paseándose entre ellas. ¿Era mi África el África que Viernes llevaba grabada en su memoria? Tenía mis dudas. Pero a pesar de todo escribí «Á-f-r-i-c-a» y fui guiándole la mano para que formara las letras. Así al menos se enteraba de que no todas las palabras estaban compuestas de cuatro letras. Luego le enseñé «m-a-d-r-e», representada por una mujer con un niño en brazos, y después borré la pizarra y me puse a repasar nuestras cuatro palabras. «Barco», le decía, y le hacía señas de que la escribiese. Y entonces «b-r-b-r-b-r» una y otra vez, o «b-c» quizá; y si no le hubiera quitado el lápiz de la mano habría llenado toda la pizarra de garabatos.

Me quedé mirándole fijamente, con gesto de reprobación, hasta que entornó los párpados y cerró los ojos. ¿Era posible que alguien, aun con el atenuante de toda una vida de muda servidumbre, fuese tan estúpido como parecía Viernes? ¿No se estaría riendo en su fuero interno de todos los esfuerzos que yo hacía por acercarle al mundo del habla? Alargué la mano, le cogí por la barbilla y le volví la cara para que me mirara. Sus párpados se abrieron. ¿No brillaba en lo más recóndito de aquellas negras pupilas un asomo de burla? Yo no alcanzaba a verlo. Y si lo había, ¿no sería un asomo de burla africana que mi retina inglesa era incapaz de detectar? Di un suspiro.

—Ven, Viernes —le dije—, volvamos a casa de nuestro amo para que vea cómo nos ha ido con nuestros estudios.

Era mediodía. Foe acababa de afeitarse y estaba de buen humor.

–Viernes nunca aprenderá –le dije–. Si hay un portón secreto que conduzca a sus facultades, o está cerrado o, desde luego, yo no sé encontrarlo.

–No se desanime tan pronto –me contestó Foe–. Por ahora, con que haya plantado la semilla es más que suficiente. Hemos de perseverar. Puede que Viernes nos dé aún alguna sorpresa.

–El escribir no crece en nuestro interior mientras estamos pensando en otra cosa, como si fuera una col –le repliqué, no sin cierto enojo–. Es un arte que solo se adquiere tras larga práctica, como usted bien sabe.

Foe apretó los labios.

–Tal vez –contestó–. Pero así como hay muchas clases de seres humanos, también hay muchas clases distintas de escritura. No juzgue a su discípulo con tanta precipitación. ¿Quién sabe si la Musa no le hará también a él una visita?

Mientras Foe y yo hablábamos Viernes se había instalado en su estera con la pizarra. Miré por encima de su hombro y vi que la estaba llenando con algo que parecían ser dibujos de hojas y flores. Pero al mirar más de cerca me di cuenta de que lo que había tomado por hojas eran ojos, ojos bien abiertos, cada uno sobre un pie humano: hileras e hileras de ojos montados sobre pies: filas de ojos andantes.

Alargué el brazo para coger la pizarra y enseñársela a Foe, pero Viernes la agarró con fuerza.

–¡Dámela! ¡Viernes, dame la pizarra! –le ordené.

Y entonces, en vez de obedecerme, Viernes se metió tres dedos en la boca, los mojó con saliva y borró la pizarra completamente.

Me eché hacia atrás enfurecida.

–¡Señor Foe, he de recobrar mi libertad! –exclamé–. ¡Esto ya es más de lo que puedo soportar! ¡Es aún peor que la isla! ¡Es como el viejo del río!

Foe trató de calmarme.

–¿El viejo del río? –murmuró–. Me temo que no sé a quién se refiere.

—Es un cuento, nada más que un cuento —le respondí—. Una vez un hombre se encontró a un anciano que esperaba a la orilla de un río y, compadecido de él, se ofreció a llevarle al otro lado. Después de pasarle a cuestas, sano y salvo, a través de la corriente, al llegar a la orilla opuesta se arrodilló para que pudiera bañarse. Pero el viejo se negó a desmontar: y no solo eso, sino que, apretando entre sus rodillas el cuello de su porteador, empezó a golpearle en los costados y, en pocas palabras, acabó convirtiéndole en una bestia de carga. Llegaba hasta quitarle la comida de la boca, y habría seguido montándole hasta causarle la muerte si el otro no se hubiera librado de él mediante una estratagema.

—Ahora reconozco la historia. Es una de las aventuras de Simbad el Marino.

—Sea, pues: yo soy Simbad el Marino y Viernes el tirano que llevo montado sobre mis hombros. Paseo en su compañía, como con él, me observa mientras duermo. ¡Si no consigo librarme de él acabaré asfixiándome!

—Mi dulce Susan, no se deje llevar por la pasión. Por mucho que diga que es usted el asno y Viernes el jinete, no le quepa la menor duda de que si Viernes volviera a tener lengua seguro que afirmaría lo contrario. Aunque deploremos la barbarie de quienes le mutilaron, ¿no tenemos nosotros, sus amos posteriores, razones para estarles secretamente agradecidos? Pues mientras siga siendo mudo siempre podremos decirnos a nosotros mismos que sus deseos nos resultan inescrutables, y así continuar utilizándole como se nos antoje.

—A mí los deseos de Viernes no me parecen tan inescrutables. Él desea liberarse tanto como lo deseo yo. Los deseos de ambos, los suyos y los míos, son claros como el agua. Pero ¿cómo va Viernes, que ha sido esclavo toda su vida, a recobrar la libertad? Esa es la pregunta que hay que hacerse. ¿He de dejarle en libertad en un mundo de lobos y luego esperar que por eso me den una medalla? ¿Es que ser deportado a Jamaica o arrojado a la calle en plena noche con un chelín en la mano es una liberación? Incluso en su África natal, mudo y sin amigos, ¿llegaría alguna vez a saber lo que es la libertad? Todos, absolutamente todos, sentimos en nuestros corazones la necesidad de ser libres; pero ¿quién de nosotros podría decir qué es la libertad exactamente? Cuando me deshaga de Viernes, ¿sabré entonces lo que es ser libre? Cruso, que era déspota de una isla de su exclusiva propiedad, ¿era acaso libre? Si lo era, nunca vi que eso le reportase grandes alegrías. En cuanto a Viernes, ¿cómo va Viernes a saber lo que es la libertad si ni siquiera sabe apenas su propio nombre?

—No es preciso que sepamos lo que significa la libertad, Susan. Libertad es una palabra como cualquier otra. Un soplo de aire, ocho letras escritas en una pizarra. No es más que el nombre que damos a ese deseo del que usted hablaba, al deseo de ser libres. Lo que ha de importarnos es el deseo, no el nombre. Aunque no sepamos decir con palabras qué es una manzana, no por eso nos prohíbe nadie comérnosla. Basta con que sepamos los nombres de nuestras necesidades y seamos capaces de usar esos nombres para satisfacerlas, de la misma forma que usamos monedas para comprar comida cuando estamos hambrientos. Enseñar a Viernes el lenguaje preciso que le sirva para satisfacer sus necesidades no es una tarea tan titánica. Nadie nos pide que hagamos de Viernes un filósofo.

—Señor Foe, habla usted del mismo modo que solía hablar Cruso cuando le enseñó a Viernes «trae» y «cava». Pero así como los hombres no se dividen en dos clases, ingleses y salvajes, tampoco creo que las necesidades del corazón de Viernes se vean satisfechas ni por «trae» y «cava», ni por «manzana», ni siquiera por «barco» y «África». En su interior siempre habrá una voz que, bien sea valiéndose de palabras, sonidos innominados, melodías o tonos, le susurrará dudas al oído.

—Si nos dedicásemos a buscar hornacinas en las que alojar palabras tan imponentes como son «Libertad», «Honor», «Felicidad», nos pasaríamos la vida, en eso estoy de acuerdo, dando resbalones y traspiés en nuestra búsqueda, y todo habría sido en vano. Son palabras sin hogar, errantes como los planetas, y con esto ya concluyo. Pero usted, Susan, ha de hacerse esta pregunta: así como cortarle la lengua a Viernes fue una estratagema de negrero, ¿no será, tal vez, otra estratagema de negrero seguir teniéndole sujeto mientras cavilamos sobre palabras en una disputa que ambos sabemos interminable?

—La sujeción de Viernes no es mayor que la de la sombra que me sigue a todas partes. No es libre, es cierto, pero tampoco está sujeto. Legalmente él es dueño de sí mismo y siempre lo ha sido desde que Cruso murió.

—Con la diferencia de que es Viernes quien la sigue a usted: no es usted la que sigue a Viernes. Esas palabras que usted escribió y que cuelgan de su cuello dicen que es un hombre libre; pero ¿quién que mire a Viernes va a tomárselas en serio?

—Señor Foe, yo no tengo ningún esclavo. Y antes de decirse a sí mismo «¡Habla como una verdadera propietaria de esclavos!», ¿no debería pensárselo dos veces? Mientras siga negándose a escucharme y desconfíe de cada cosa que digo como si fuera un ponzoñoso canto a la esclavitud, ¿no ve que no me presta mejor servicio que el que los negreros prestaron a Viernes cortándole la lengua?

—Yo no le cortaría a usted la lengua, Susan, por nada del mundo. Deje a Viernes aquí por esta tarde. Salga a dar un paseo. Tome el aire. Vea algunas de las cosas interesantes que encierra esta ciudad. Yo vivo lamentablemente enclaustrado. Sea mi espía. Y luego vuelva y cuénteme cómo sigue el mundo.

Salí, pues, a dar un paseo, y en medio del bullicio callejero empecé a recobrar mi buen humor. Me equivocaba, y lo sabía, al culpar a Viernes de mi estado de ánimo. Aunque ya no fuese esclavo en sentido estricto, ¿no seguía siendo el esclavo indefenso de mis ansias de ver nuestra historia escrita de una vez por todas? ¿En qué se diferenciaba de uno de aquellos indios salvajes que los exploradores traían consigo a su vuelta, en un buque cargado de periquitos, ídolos dorados, añil y pieles de pantera, para demostrar que de verdad habían estado en América? Y Foe, ¿no sería también él en cierto modo un cautivo? Al principio me pareció que empleaba tácticas dilatorias. Pero ¿no era acaso verdad que todos aquellos meses había trabajado arduamente para mover una roca tan pesada que ningún hombre vivo hubiera podido correr una sola pulgada; que las páginas que yo veía salir de su pluma no eran cuentos intranscendentes de cortesanas y granaderos, como me había supuesto, sino la misma historia repetida una y otra vez, versión tras versión, naciendo siempre muerta en los sucesivos partos: la historia de la isla, tan falta de vida al salir de su mano como de la mía?

–Señor Foe –le dije–, he tomado una resolución.

Pero el hombre que estaba sentado a la mesa no era Foe. Llevaba sobre los hombros la toga de Foe y en la cabeza la peluca de Foe, mugrienta como el nido de un pájaro, pero era Viernes. En la mano, suspendida sobre los papeles de Foe, tenía una pluma de ave en cuya punta relucía una gota de tinta negra. Di un grito y me abalancé a quitársela. Pero en ese momento la voz de Foe sonó desde la cama en la que estaba echado.

–Déjele, Susan –dijo con voz cansada–. Está familiarizándose con sus útiles de escribir, también eso forma parte del aprendizaje.

–Va a revolverle todos sus papeles –exclamé.

–Mis papeles están ya tan revueltos que es difícil que los pueda revolver aún más –me respondió–. Venga y siéntese aquí conmigo.

Me senté, pues, junto a Foe. A la cruel luz del día no pude por menos de reparar en la mugre de las sábanas sobre las que estaba echado, en lo largas y sucias que tenía las uñas, y en aquellas grandes bolsas que colgaban bajo sus ojos.

–Una vieja puta –dijo Foe como si leyera mis pensamientos–. Una vieja puta que no debería ejercer su oficio más que en la oscuridad.

–No diga eso –protesté–. Tomar prestadas las historias de los demás y devolvérselas al mundo ataviadas con mejores galas no es ejercer la prostitución. Si no hubiera autores que ejerciesen ese oficio el mundo sería infinitamente más pobre.

¿Voy a catalogarle como una puta por recibirme con los brazos abiertos, estrecharme entre ellos y hacerse cargo de mi historia? Cuando yo no tenía casa, usted me dio una. Para mí es usted como una amante, o si quiere que le sea sincera, más aún, como una esposa.

—Antes de pronunciarse tan a la ligera, Susan, espere a ver el fruto de mi vientre. Pero ya que hablamos de gestaciones, ¿no cree que ha llegado el momento de decirme la verdad sobre su propia hija, la que desapareció en Bahía? ¿Ha tenido alguna vez una hija? ¿Existe realmente o es otra ficción?

—Se lo diré, pero antes ha de contestarme usted a otra pregunta: la chiquilla que usted me manda, esa chiquilla que dice llamarse como yo, ¿es un ser de carne y hueso?

—Usted la ha tocado, la ha abrazado y la ha besado. ¿Pretende ahora decirme que no es de carne y hueso?

—No, lo es, tan de carne y hueso como lo somos mi hija y yo; como lo es usted también, ni más ni menos que lo somos cualquiera de nosotros. Todos estamos vivos, todos somos seres reales, todos habitamos el mismo mundo.

—Ha omitido usted a Viernes.

Me volví a Viernes, que seguía ocupado escribiendo. El papel que tenía delante estaba lleno a rebosar de garabatos, como emborronado por un niño poco ducho en el manejo de la pluma, pero se adivinaba ya una escritura, un tanto peculiar, todo hay que decirlo, pero escritura al fin y al cabo, ristras y más ristras de la letra o sumamente apretadas entre sí. Bajo el codo tenía otra hoja, completamente escrita también, y el texto era el mismo.

—¿Qué, aprende Viernes a escribir? —preguntó Foe.

—A su manera, desde luego, pero va aprendiendo —le contesté—. Ahora está escribiendo la letra «o».

—Por algo se empieza —concluyó Foe—. Mañana tenemos que enseñarle la «a».

IV

La escalera es oscura y sórdida. En el rellano tropiezo con un cuerpo. No se mueve, no hace el menor ruido. A la luz de un fósforo veo que se trata de una mujer o de una muchacha, con los pies arrebujados en un largo vestido gris y las manos medio cerradas a la altura de las axilas; ¿o no será, más bien, que sus miembros son antinaturalmente cortos, los miembros atrofiados de una tullida? Su rostro está envuelto en una bufanda de lana gris. Empiezo a tirar de ella, pero la bufanda no tiene fin. Recuesta perezosamente la cabeza. Todo su cuerpo apenas pesa más que un saco de paja.

La puerta no está cerrada con llave. La luz de la luna entra a raudales por una ventana solitaria. Algo, una rata o un ratón, se desliza velozmente por el suelo.

Están tendidos en la cama el uno junto al otro, sin tocarse. La piel, seca como si fuera papel, se pega tirante a los huesos. Sus labios, que al entreabrirse dejan al descubierto los dientes, parecen esbozar una sonrisa. Tienen los ojos cerrados.

Levanto la ropa de la cama conteniendo el aliento, esperando encontrar desasosiego, polvo, descomposición; pero su aspecto no puede ser más tranquilo, él enfundado en su camisón de dormir, ella con su camisa. Incluso flota en el aire un ligero olor a lilas.

Al primer tirón la cortina que divide la alcoba se hace jirones. El rincón está sumido en una oscuridad de brea, en el aire viciado de este aposento mis fósforos no se quieren encender. Gateando, a tientas, doy con el criado Viernes, tendido boca arriba cuan largo es. Le toco los pies, que están duros como madera, y luego mi mano sube palpando la tela recia y suave que envuelve su cuerpo hasta alcanzar el rostro.

Aunque su piel está aún tibia, tardo bastante en encontrar el pulso de la sangre en su garganta. Es muy débil, como si su corazón latiera en algún lugar remoto. Le tiro suavemente del pelo. No cabe duda de que es como de oveja.

Tiene los dientes apretados. Meto una uña entre los de arriba y los de abajo y presiono tratando de abrírselos.

Quedo tendida boca abajo en el suelo, a su lado, mientras el olor a polvo largo tiempo acumulado penetra las ventanas de mi nariz.

Al cabo de un buen rato, tan largo que tal vez me haya quedado dormida, se mueve, suspira y se da la vuelta. Su cuerpo hace un ruido sordo y seco, como hojas cayendo sobre otras hojas. Sus dientes se abren. Me arrimo más aún, acerco mi oído a su boca y espero.

Al principio no se oye nada. Luego, tratando de ignorar el latido de mi propio corazón, empiezo a oír un rumor lejano, casi imperceptible: como ella dijo, el rumor de las olas en una caracola de mar; y fundiéndose en un todo, como si alguien tocara a intervalos las cuerdas de un violín, el gemir del viento y el canto de un pájaro.

Me arrimo más aún y distingo otros sonidos: el gorjeo de unos gorriones, el golpe sordo de un azadón, la llamada de una voz.

De su boca sin aliento brotan los sonidos de la isla.

En un rincón de la casa, a una altura por encima de la cabeza, hay una placa atornillada a la pared. «Daniel Defoe, autor», reza en caracteres blancos sobre fondo azul, y luego hay más cosas escritas, pero en letra demasiado menuda para poder leerlas.

Penetro en el interior. Aunque es un soleado día de otoño, la luz no traspasa estos muros. En el rellano tropiezo con el cuerpo, ligero como paja, de una mujer o de una muchacha. La habitación está aún más oscura que antes; pero buscando a tientas en la repisa de la chimenea encuentro un cabo de vela y lo enciendo. Arde con una tenue llama azulada.

La pareja yace cara a cara en el lecho, la cabeza de ella recostada sobre el arco del brazo de él.

Viernes, en su alcoba, se ha vuelto contra la pared. En su cuello —nunca había reparado antes en ello— se dibuja una cicatriz que parece un collar, una cicatriz hecha por el roce de una soga o de una cadena.

En la mesa no hay más que dos platos cubiertos de polvo y una jarra de cerveza. En el suelo hay una valija de correo con goznes y cierre de latón. La pongo sobre la mesa y la abro. La hoja amarillenta que está encima de las otras se deshace en una nítida media luna bajo la presión de mi pulgar. Acerco el candelabro y leo las primeras palabras escritas con una letra alta y sinuosa: «Querido señor Foe, al final me sentí incapaz de seguir remando».

Con un suspiro, sin salpicar casi, me deslizo por la borda al agua. Preso de la corriente el bote se aleja dando bandazos, arrastrado hacia el reino austral de las ballenas y de los hielos eternos. A mi alrededor flotan sobre las aguas los pétalos arrojados por Viernes.

Nado hacia los sombríos acantilados de la isla, pero algo romo y pesado se enrosca a mi pierna, algo acaricia mi brazo. Estoy en medio del gran banco de algas marinas: sus espesas frondas suben y bajan mecidas por la marea.

Con un suspiro, sin salpicar casi, hundo la cabeza bajo el agua. Pasando una mano sobre la otra me deslizo por sus troncos y desciendo, mientras los pétalos flotan en torno mío como una lluvia de copos de nieve.

La oscura mole del barco hundido está salpicada de manchas blancuzcas. Es inmensa, más grande que el leviatán: viejo casco desarbolado, partido por la mitad, invadido por la arena por todas partes. Las planchas de madera están ya negras, el boquete que hace las veces de entrada, más negro aún.

Si hay realmente un sitio en el que aceche el *kraken*, con sus ocultos y pétreos ojos abisales, siempre vigilantes, ese sitio está, sin duda, aquí.

La arena se levanta en lentos remolinos envolviendo mis pies. No hay aquí ningún tropel de alegres pececillos. Entro por el boquete.

Estoy bajo cubierta, ando sobre el lado de babor abriéndome paso por entre traviesas y codastes esponjosos al tacto. El cabo de una vela cuelga de mi cuello sujeto por una cuerda. Lo llevo por delante como si fuera un talismán, aunque no da ninguna luz.

Algo blando obstruye mi paso, tal vez sea un tiburón, el cuerpo de un tiburón muerto y recubierto de carnosas flores de las profundidades, o el cadáver de algún vigía envuelto en una tela ya medio podrida, sobresalto tras sobresalto. Gateando, paso adelante y sigo mi camino.

Nunca se me había ocurrido que el mar pudiera estar sucio. Pero bajo mis manos la arena es blanda, viscosa, malsana, como si quedara al margen de la circulación de las aguas. Es como ese cieno de Flandes, en el que generaciones y generaciones de granaderos yacen ahora muertos, pisoteados en las posturas del sueño. Si me quedo quieta, aunque sea solo un instante, siento cómo voy hundiéndome, pulgada a pulgada.

Llego a una mampara y a una escalera. La puerta a la que conduce la escalera está cerrada, pero cuando arrimo el hombro y empujo, el muro de agua cede y puedo pasar dentro.

No es una casa de baños en medio del campo. En el oscuro espacio del camarote el agua está quieta y pútrida, la misma agua del día anterior, del año pasado, de hace trescientos años. Susan Barton y su difunto capitán, hinchados como cerdos dentro de sus blancos camisones, con los miembros saliendo tiesos de sus troncos y las manos, arrugadas por la larga inmersión, extendidas en ademán de bendecir, flotan como si fueran estrellas rozando casi el techo con sus cuerpos. Paso arrastrándome por debajo de ellos.

En el rincón del fondo, bajo los yugos de popa, medio enterrado en la arena, con las rodillas dobladas y las manos entre los muslos, encuentro a Viernes.

Tiro de ese pelo suyo tan parecido a la lana, palpo la cadena que lleva al cuello.

—Viernes —le digo, intento decirle, poniéndome de rodillas a su lado, hundiendo manos y rodillas en el lodo—, ¿qué es este barco?

Pero este no es lugar para las palabras. Cada sílaba que se articula, tan pronto como sale de los labios es apresada, se llena de agua y se desvanece. Este es un lugar en el que los cuerpos cuentan con sus propios signos. Es el hogar de Viernes.

Da vueltas y más vueltas hasta que al fin queda tendido cuan largo es, con el rostro vuelto hacia mí. La piel se adhiere tensa a sus huesos, sus labios se entreabren. Paso un dedo por sus dientes tratando de hallar una entrada.

Su boca se abre. De su interior, sin aliento, sin interrupción, brota una lenta corriente. Fluye por todo su cuerpo y se desborda sobre el mío; atraviesa la pared del camarote, los restos del barco hundido, bate los acantilados y playas de la isla, se bifurca hacia el norte y hacia el sur, hasta los últimos confines de la tierra. Fría y suave, oscura e incesante, se estrella contra mis párpados, contra la piel de mi rostro.

Esta edición de 3.000 ejemplares
se terminó de imprimir en
Verlap S.A.,
Comandante Spurr 653, Avellaneda, Bs. As.,
en el mes de agosto de 2005.

J.M. COETZEE

LITERATURA MONDADORI

Elizabeth Costello

2da
edición

NOVELA

DESGRACIA

J.M. COETZEE

MONDADORI

J.M. COETZEE

INFANCIA

MONDADORI

J.M. COETZEE

JUVENTUD

MEMORIAS

PREMIO NOBEL DE LITERATURA 2003